1
櫻田りん
イラスト 氷堂れん
～謝罪先の獣人国で
何故か冷酷黒狼陛下に
見初められました⁉～
聖女の妹の
尻拭いを仰せつかった、
ただの侍女
でございます

Contents

第一話　聖女の妹と侍女の姉

「ねぇ、お姉様？　この前の私の生誕祭でね？　獣人国のお姫様？　に、獣臭いって言ったら、国際問題に発展しそうなの。だから、私の代わりに謝ってきてくれない？」

「シェリー、また問題を起こしたの？　……って、国際問題………!?　貴方いくらなんでもそれは」

悪びれた様子なんて一切なく、そう告げてきた妹のシェリーにドロテアは手に持っていた本を落としそうになるのを堪えるので必死だった。

獣人国は、ここサフィール王国の防衛を担ってくれている隣の同盟国である。

そんな国の姫君に対しての暴言。謝罪で済むなら安いものだというのに、それを理解していないシェリーに、ドロテアは頭を抱えたくなった。

「だって、獣人国って野蛮な者ばかりなんでしょう？　そんなところに行くの、怖いもの！　それにほら、私は聖女の一人なのよ？　危険な目に遭ったら大変だし。今までは何かあっても全部お姉様はどうにかしてくれたじゃない！」

こぼれ落ちてしまいそうなほど大きな翡翠の瞳に、ぷっくりとした唇。さらりとしたプラチナブロンド。守ってあげたくなるような小柄で華奢な体型のシェリー。

彼女はサフィール王国で三人しかいない聖女のうちの一人だ。

聖女と言っても、何か特別な能力を有しているわけではない。

聖女とはこの国で極めて見た目が整っている、美しいとされる女性が賜る称号のことである。生誕祭が行われるくらいだから、その重要性は言わずもがなだろう。

「確かに貴方は聖女だし、第三王子の婚約者でもあるから特別な存在だとは思うわ。……けれど、相手は獣人国の姫君でしょう？　流石に今回は私がどうこうできる問題じゃ……ここは素直に貴方が謝罪に――」

「だから！　獣になんて頭を下げたくないって言ってるのよ私は！」

キーンと耳に響くような高い声に、ドロテアは目をギュッと瞑る。

シェリーは昔から、自分の意見が通らないと気が済まない質だった。

その相手が、二十歳という貴族令嬢としては良い歳だというのに夫はおろか、婚約者もおらず、侍女として働いているドロテアならば尚更だった。

「お姉様、頭だけは多少良いのだから分かるでしょう？　今は我が家だけの問題で済んでいるけれど、放っておくと大変なのよ？　誰かが謝りに行くしかないの！　もちろん、お父様もお母様もお姉様が行くことに賛成してくださったわ？　ね？　嫁の貰い手がなくて、働くことしか能のない売れ残りのお姉様が家のために出来ることって、これくらいじゃないかしら？」

——嫁に行けるなら行くわよ私だって！　と思ったものの、今それを言ったところで根本的な解決にはならないので、ドロテアは言葉を呑む。

シェリーがこうなったら絶対に自分の意見を変えないことを分かっているドロテアは、渋々コクリと頷いた。

「じゃあお願いね!!　お父様が確か、旅費だけは出して下さるって言っていたから、後は全て任せたわ！」

もう明日になったらこの話題は忘れているのだろう。

そう感じるほどに無邪気に笑うシェリーに、ドロテアは小さく溜め息を漏らす。

(仕方がないわね。貴族たるもの、民の生活に皺寄せが行くようなことはできないもの。それに、これで誰も謝りに行かないんじゃあ、あちらのお姫様にあまりに申し訳ないし……)

軽い足取りでドロテアの部屋から出ていくシェリーの後ろ姿を見つめながら、ドロテアはトランクに大量の本を詰め込み始める。

今日は久々に暇をもらったため、実家に残してきた本を整頓するつもりだったが、どうやらそんな暇はないらしい。

――二十年前。

ランビリス子爵家の長女として生を受けたドロテアの顔を見た両親の顔は苦いものだった。

コバルトブルーの、きりりとした鋭い瞳に、薄い唇。隔世遺伝で引き継いだ老婆のようなグレーのうねった髪の毛。

しかし、赤子の顔は変わる。髪の毛の質だって変わる。だから、この姿は今だけで、愛らしい顔つきになると信じていたのだが、現実はそううまくいかなかった。

『ドロテアの顔では……売れ残るだろうなぁ』

そんな父の言葉は、ドロテアが三歳の頃に呟いたものだ。

悲しきかな。聡明だったドロテアには、父が言わんとしていることがなんとなく理解できた。

そんな折、ドロテアの誕生から三年後のこと。

まるで天使のような容姿で産まれたシェリーは、それは大層可愛がられた。それから両親はシェリーにかかりきりで、ドロテアは同じ屋敷に住んでいても両親と会話することは殆どなかった。

ここサフィール王国では、ドロテアのような顔つきは全く好まれなかったのだ。反対に、シェリーのような顔つきは大層好まれたのだった。

シェリーが聖女に選ばれてからなんて、両親の瞳にドロテアが映るのはシェリーの尻拭いをしろと命じるときくらいだった。

「ロレンヌ様。暇中ではありますが、急用が出来ましたので参りました。失礼してもよろしいでしょうか」

もうかれこれ五年は勤めているライラック公爵邸の一室――公爵夫人であるロレンヌの部屋を訪れたドロテアの足取りは軽い。実家に行くよりも幾分も、いや、比べ物にならないほど。

「ドロテア、入りなさい」

「失礼いたします。突然申し訳ありません。急ぎ伝えなければならないことがありまして」

「ああ、なんとなく察したわ」

呆れたように笑うロレンヌ。ぷっくりとしたハリのある肌は、もう今年で四十を迎えようとしているようには見えない。

数年前夫を亡くしたため、当主代理となった彼女は仕事をしていたのだろう。筆を走らせていたロレンヌの前まで歩いたドロテアは、彼女のテーブルの上に置かれている冷たくなった紅茶を見て、そっとそれを下げた。

「ロレンヌ様。今日は急ぎの用事がなかったと把握しておりますが、変わりありませんか？」

「ええ、そうよ」

「かしこまりました。でしたら、今から何か消化の良い軽食をご用意いたしますね。話はその後に。

朝から何も食べていらっしゃらないのではありませんか？」

「あら、どうしてそう思ったの？」

顎に手をやって、目をキラキラさせながら問いかけてくるロレンヌ。

何とも楽しそうな声色に、ドロテアは当たり前かのように答えた。

「ロレンヌ様は紅茶を大層嗜まれますが、胃の調子が悪いときには紅茶はお飲みになりません。ですから冷めきった紅茶を見て、胃の調子が悪く、食欲がないのではと思った次第です」

「ふふふ、当たりよドロテア」

「ではただいまから、白湯と何か消化に良いもの、常備しておられるお薬を用意してまいりますので、お待ち下さい。……お薬が苦手で、胃痛のことを誰にも訴えなかったことは存じておりますが、主人の健康のため、きちんと飲むまでお側から離れませんからね」

「あら、それもバレちゃってるのね」

「おほほ」だなんて笑うロレンヌに、ドロテアは仕方がないなぁ、と顔を綻ばせる。

ロレンヌの少女のような可愛らしい笑みに、心をほっこりとさせながら出口へ向かうと、そういえばと足を止めた。

「ロレンヌ様。話は変わるのですが、一つだけよろしいですか？」

「ええ、なぁに？」

両手を臍《へそ》あたりにもっていき、ぴしりと背筋を正したドロテアは、貴族令嬢としても侍女としても大変美しい所作の持ち主だ。

顔つきは、確かにこの国ではあまり求められていないものだし、思春期にぐんぐんと伸びた身長は、ときおり男性と同じか、または見下ろすこともあるが、それにしたって子爵家の長女で、所作も美しく、歳も二十歳。

十代で結婚し、子を産むのが貴族令嬢としての当たり前ではあっても、まだ二十歳程度ならばどうとでもなる。

それに、いくら好まれる顔つきがあろうとも、人の好みは千差万別だ。

ドロテアに惹かれる子息が一人や二人、それこそ後妻を探している貴族男性ならドロテアを妻にしたいとなってもおかしくはないのだが──。

「申し訳ありませんが、先程机に置かれている書類が偶然見えてしまいまして」

「ええ、それで、どうかしたの？」

ドロテアは今の今まで、一度も求婚をされたことがなかった。いや、正確に言うならば、男性に好かれたことがないと言ったほうが良いだろうか。

ドロテアが特段男性が嫌いなわけでも、結婚願望が皆無というわけでも……どころか、ドロテアはそれなりの相手と結婚し、その相手との子を産み、育て、貴族令嬢としては決して高くはない望みまで持っているというのに。

それほどまでにこの顔は、この国では受け入れられないのかと、ドロテアは何度落胆したことだろう。

「他国への輸出入のことですが、今年の温暖過ぎる気候のせいで、来年は漁業が芳しくないと思われます。今年と同じ数を輸出しては、ライラック領で魚が出回らなくなってしまうおそれがあります。反対に農業の方は概ね良好でしたので、来年は作物を軸にするのがよろしいかもしれません。作物の数や種類の詳細を纏めたものが部屋にありますので、必要であればお持ちしますが」

「ええ、お願い。ドロテアはいつも凄いわね」

ロレンヌの言葉にドロテアはふるふると首を振ってから、ゆっくりと頭を下げた。

「いえ。一介の侍女の戯言でございます」

——何故、男性から愛されないのか。

ドロテアはその本当の理由に、まだ気付いていない。


ドロテアが侍女として働き始めたのは十二歳の頃だった。

サフィール王国の基準で見目があまり良くないと判断された令嬢は、十二歳になると親の判断で王城へと行儀見習いとして働きに行くよう命じられるのである。

というのも、一種の保険だ。見目のせいで結婚ができなかったときに、せめて職だけはあるようにとの配慮なのだが、それ即ち、良縁は叶わないという烙印を押されたようなものであった。

「先程話した、急用についてなのですが」

とはいえ、殆どの令嬢は十五歳になると行儀見習いを終え、社交界デビューを迎えるとどこかの令息と結婚する。

……のだけれど、ドロテアはその限りではなかった。社交界デビューは済ませたものの誰からも声はかからず、世間話でもと何人かの令息に話しかけることはしたが、暫くしたら皆顔を引き攣らせて去って行ったのだ。

流石にドロテアも、そこまで私の顔は酷いのかしら……とショックを受け、そのとき侍女として働かないかと声をかけてくれたロレンヌのもとで世話になっているというわけである。

「どうせまた、貴方の妹が何かやらかしたのでしょう？」

「はい。そのとおりでございます」

ロレンヌが薬を飲んだのを確認し、ほっと息を吐いたドロテアの表情は、なんとも言えないものだった。

前日行われた生誕祭は、聖女であるシェリーの誕生を祝うものだった。

聖女の誕生日には国を挙げて生誕祭が行われる習わしになっており、そのとき来賓として訪れていた獣人国の姫を獣臭いと言って怒らせたのがドロテアの妹、シェリーその人である。

とはいえ、その場では事は大きくならなかったらしい。

騒がしい生誕祭で、シェリーの声がそれほど周りに通らなかったこと。シェリーの近くにいたのは侍女や騎士たちだけで、両親が口封じに成功したこと。

何より、獣人国の姫が『それはごめんなさいね？』と言って会場を後にしたことだ。

彼女の護衛が怒りを露わにしそうになったのを止めたのも、姫本人らしい。同盟国ということで、大事にしないほうが良いと思ったのだろう。できた姫である。

しかし話はそれで終わらなかった。獣人国の姫君からではなく、国王であるヴィンス・レザナードから、シェリーに対して先の件の謝罪をするよう通達が来たのである。

公爵家に来る前に父からこの一連の話を聞いていたドロテアは、これをロレンヌに説明したのだった。

「獣人国レザナードの国王といえば、確か狼の獣人で……一部では冷酷非道と呼ばれていなかったかしら？」

——獣人国レザナード。王の名は、ヴィンス・レザナード。二十五歳の若さで王の座についたが、その実力は計り知れない。

レザナードは、様々な種類の獣人が住まう、非常に豊かな国だ。

確か、獣人は人よりも力が十倍は強いと言われており、強靭な肉体を持っているのだとか。

小国であるサフィール王国に敵が侵入してこないのは、ひとえに獣人たちが防衛を担ってくれているからに他ならない。

「はい。しかし同盟を破棄するだとか、突然戦争だとか言い出してこない辺り、噂もあてにならないかもしれませんが……。それに、非はこちらにありますし。とにかく、そういうわけで、私が代わりに謝罪に行くことになったのです」

「これで何度目の尻拭いかしら？　まあ、個人的には、今回ばかりは貴方が行くのが正解だと思うけれど」

シェリーの性格の悪さは、貴族たちは皆知るところである。

それでも、聖女の称号の前では性格など些細なことであり、何か問題を起こしてもドロテアが尻拭いをしてきたことによって、問題視されたことはなかった。

「しかし、事を起こした本人が直接出向くほうが良いのでは？」

「普通ならばそうね。それに国内の貴族ならば聖女であるシェリー嬢に強く出られないし。けれど相手は他国。……で、貴方の妹の性格よ？　まともに謝罪できずに余計に相手方を怒らせるだけ。それならばまだ代理としてドロテアが行くほうが勝算はあるというものよ。……ま、貴方が可哀想なのは事実だけれど」

クスクスと笑うロレンヌは、どうやら本気で可哀想と思っているわけではないらしい。

ドロテアがシェリーの尻拭いについて漏らすと、ロレンヌはたいていこうして笑うのだ。

「けれど大丈夫よ、ドロテアなら」

「ただの侍女には過大評価でございます。しかし、出来ることはやってみるつもりです」

ドロテアは一介の子爵令嬢で、ただの侍女だ。親からは愛されていないし、実家のお金を自由に使うことも許されていない。侍女として勤めた五年分の給金は大半は趣味に使ってしまっていて、それほど蓄えはない。正直やれることは少ないのである。

「しばらく暇をあげるから、頑張りなさいね」

「はい。三日後に発つつもりですので、おそらく十日は戻らないと思います」

「あら、直ぐに出発しないの？」

「相手方に許しを請い、それを受け入れてもらうために、出来るだけ準備をしなければと思いまして」

もちろん、誠心誠意謝罪することは大前提として。というか、まずはそれが第一なのだけれど。

(この三日間で、念入りに調べなければ。国王陛下と、姫君について)

獣人国については非常に詳しいドロテアだが、王族個人についての情報は少ないのである。

「なるほどね。獣人国が敵に回ってはサフィール王国もただでは済みませんから、出来ることは私も協力するわ」

「ロレンヌ様……ありがとうございます」

そうして、ドロテアは三日間の準備の後、獣人国レザナードへ旅立った。

「十分足りるだろう！」と父から渡された獣人国までの交通費が全く足りず、自腹を切ることになった事実に、こんな簡単な計算も出来ないなんて……と嘆きながら。

第二話　獣人国レザナード

「ここが……獣人国レザナード」

ドロテアがレザナードに到着したのは、サフィール王国を出て四日後のことだった。

レザナードまでの道路はあまり舗装されていなかったため、体力は削られてしまったが、遠目からレザナードの街を見るドロテアからは感嘆の声が漏れた。

「凄いわね……市場は栄えているし、見たことのないものが沢山あるわ。あ、あの服は確か本で見た……」

レザナードは年中温暖な気候のため、暮らす者たちの服装は基本的に薄着だ。

サフィール王国でも夏になると薄手の装いになるものの、決定的に違うのはセパレートか否かということである。

「あれがセパレートタイプの洋服……ふむ、動きやすそうだし、お洒落の幅が広がるわね」

サフィール王国では、男性はシャツとズボンといったように分かれた洋服を着るが、女性は貴族ならばドレス、平民もワンピースのような上下が繋がった装いばかりなのだ。

他国の服装について獣人国を取り上げていた本を読んだことがあったドロテアは、それを直に見ることができた喜びで頗る上機嫌だった。

(人間も少数は暮らしているみたいだけれど……)

——どこを見ても、獣人、獣人、獣人……!

「……ああ、可愛い。お耳も尻尾も触りたい……可愛い。もふもふしたい……可愛い……。って、浮かれていてはだめよ! 謝罪をしに来たのだから……!」

ニヤけてしまいそうな口元を押さえ、ドロテアは眉尻を下げる。

ドロテアは、見た目に反して大の可愛いもの好きだった。特にふわふわとしたものは別格に。だからこそ、獣人国については格段に詳しいのである。

(ああ、これが旅行ならば……!!)

そう思うものの、後の祭りだ。それならば、とドロテアは気持ちを切り替えることにした。

「けれどそう! ずっっっと来てみたかったレザナードに来られたんだもの! 少しくらい街を見たってバチは当たらないはず。獣人さんたちのお耳や尻尾を、観察するくらいは……」

ドロテアが謝罪に向かうことは、既に連絡済みだ。あと五時間ほど時間はあるし、謝る相手が居ないのにうだうだ考えているのは時間の無駄というもの。

「さあ、行きましょう」

ドロテアはトランクを片手に、涼し気な紺色のワンピースをひらりと揺らしながら街へと足を踏

み出した。

大都市『アスマン』には、活気が溢れている。本の中でしか見たことがない食べ物や雑貨など、ドロテアは目をキラキラとさせながらそれらを見ていく。

獣人たちにばかり目がいってしまうドロテアだったが、あまり見ては失礼だろうと、一旦興奮を抑えることにして観光を楽しんでいた。

（やはり本で見るものと直に見るものは全然違うわね）

好奇心が止まりそうにない。少しだけ軽食を取ろうか、それとも雑貨を買おうか。

悩んでいると、太もも辺りにドンッという衝撃を感じたドロテアは、一瞬よろけてから、膝を折ってしゃがみ込んだ。

「余所見をしていてごめんなさい。大丈夫？」

おそらく猫の獣人なのだろう。真っ白な耳と尻尾が可愛過ぎる獣人の少女とぶつかってしまったようなので、ドロテアが手を差し出すと、少女はその手を取ってぴょんっと立ち上がった。

「にんげんのおねーちゃん、ありがとう！」

「……うっ！！」

「おねーちゃん……？　おむねがいたいの？」

「いえ、大丈夫よ。あまりに貴方が可愛いものだから」

「……？」

こてんと首を傾げる少女の猫耳が、ひょこっと動く。尻尾の先はくるりと丸みを帯びていて、おそらく母であろう獣人のもとへ走るたびに揺れる尻尾なんて、いくらでも見ていられそうだ。

（だめよ……落ち着きなさいドロテア！　けれど猫の獣人ちゃん……本当に可愛かったわ……！）

ドロテアは、緩んでしまいそうな頰を片手で押さえ、もう片方の手で少女へとフリフリと手を振ると、再び歩き出した。

それから謝罪に向かう時間になるまで、ドロテアは休憩することなくアスマンの探索を楽しんだ。

「人間のお嬢ちゃん！　これ食べていきな！」と名物の串焼きをくれた熊の獣人の男性に、「この国の服を買うならあの店が良いわよ～」と教えてくれた猿の獣人の女性。他にも沢山の獣人が声をかけてくれて、まるで旅行に来たのかと錯覚しそうになるほど、ドロテアは楽しいときを過ごした。

（本当に来て良かった。皆、気の良い方たちばかりね）

獣人国の国民は基本的に穏やかな性格をしていると本に書いてあったが、実際にその通りのようだ。もちろん些細な揉め事くらいはあるのだろうが、今のところ目につくようなものはない。

それに、洋服店を教えてくれた獣人の女性がこう言っていたのだ。

『私たち獣人はね、みた目で怖がられるときがたまにあるけれど、皆優しいのよ。もし怒るとしたら、家族や大切な者たちを傷つけられたときくらいかしらね』

その言葉を聞いて、ドロテアは確信したのである。

（きっと、国王陛下もお優しい方なのね）

冷酷非道なんて呼ばれているらしいが、ドロテアがここに来るまでの経緯や、獣人たちの話を聞けば、そんなはずはないと分かる。噂は尾ひれがつくものだし、もしそうだったとしたら、それは国や民、家族を守るためなのだろう。

「けれどこれは、許していただくのが大変になってしまったかも」

何故なら、その大切な者である妹姫に対して暴言を吐いたのだから。

「ああ、頭が痛いわ……」

しかし、残酷なことに時は平等に進む。

ドロテアは約束の時間になる少し前、一人でも着られる程度のドレスを着用し、身なりを整えてから門番に説明をすると、許可を得てから入城した。

そして、すぐにドロテアはとある獣人の騎士に案内をしてもらうことになるのだが――。

「――陛下のところまで、俺が案内をいたします」

そう声をかけてくれたのは、王城内に配置されている騎士と同じ鎧を着用しているものの、どこか風格がある獣人の男だった。

「ありがとうございます。サフィール国から参りました、ドロテア・ランビリスと申します。案内をよろしくお願い致します」

「犬の獣人の、レスターと申します」

レスターと名乗る青年は漆黒の耳に、漆黒の髪。同じ色の太くてしっかりとした尻尾。全てを見通すような金色の瞳からは何故か一瞬目が離せなくなる。

（な、なんて美しい瞳……それにとても格好良い……今まで見たどんな殿方よりも……）

顔のパーツが整っていて、眉目秀麗とはこのことを言うのだろうと思うほどに、完璧だ。

ドロテアは面食いではなかったけれど、流石にここまで格好良いと、ついつい彼のことを凝視してしまう。

それに、女の中ではかなり高身長のドロテアよりも優に頭一つ分は高く、かなり高身長でもあった。服の上からでも分かる程よい筋肉は、日々鍛えているからだろうか。

「どうかされましたか？」

「……い、いえ、申し訳ありません」

あまりの顔面の良さにぼうっとしてしまったが、ドロテアは気を引き締めてレスターの後をついていく。

（……ん？　あれ、何だか……）

レスターに少し気になるところがあったものの、振り返った彼が「少し歩きます」と言うので、ドロテアは「はい」と小さく返したのだった。

五年前までは行儀見習いとして働いていたので、ドロテアは王城というものに慣れていたつもりだったのだけれど。

「本当に広いですね……」

造りはサフィール王国の王城と似たようなものだが、それにしたって倍は広い。

ぽつりと漏れてしまった言葉に、一歩前を歩くレスターが答えた。

「はい。王の間は一番奥ですから、十分は歩くかと」

「なるほど。ありがとうございます」

ご丁寧にトランクまで運んでくれるレスターは、どうやら優しい青年らしい。民はまだしも、王に近い存在とあればシェリーの発言も知っている可能性が高いため、冷たい仕打ちを受ける覚悟をしていたのだけれど。

(レスター様は、ことの詳細を知らない？　けれど、それにしては物凄く周りから見られるのよね……)

騎士や文官と擦れ違うたびに、ぎょっとした目で見られていることに気付いているドロテアは多少居心地が悪い。

人間の女だからか、はたまた大切な姫様を愚弄した人間の姉だからか。それは分からなかったけれど、これくらいは我慢しなければ。ドロテアが表情を変えずに歩いていると、レスターが歩く速度を緩めて隣を歩き始めたので、ちらりとそちらを見やる。

「失礼ですが、このトランクには一体何が？」

「ああ、ご安心ください。怪しいものは何も。私が準備できる、陛下と姫様への謝罪の品でございます」

「…………ほう」

（……ん？　何か今、レスター様の雰囲気が……）

先程までの雰囲気とは違い、少し圧があるように感じたが、それは一瞬のことだったので、ドロテアはさほど気にしなかった。

「事前に中身をご覧になりますか？　怪しいものだという判断でしたら、破棄していただいて構いませんし」

「……いえ。わざわざ妹殿の代わりに謝罪に来た貴方が変なことはしないでしょう？」

「……はい、それはもちろんですが……」

どうやらレスターは、細やかな事情まで知っているらしい。もしや、この風格は、一介の騎士なのではなく、王の側近、もしくは姫の護衛騎士だからと考えると、ドロテアは腑に落ちた。

「それにしても、貴方も大変ですね。サフィール王国の聖女は性格が中々に難ありだという噂を聞き及んでいますが、まさか他国にまで謝罪に来るとは。妹殿の尻拭いはこれが初めてではないのでしょう？」

「……！　よくご存知ですね」

「そりゃあ、大切な姫様を愚弄した者の身内のことくらいは調べるさ」

「……っ」

またただ。また、雰囲気が変わった。気を抜いたら腰が抜けてしまいそうなそんなレスターの圧に、ドロテアの額には汗が滲む。

(当たり前だけれど、そりゃあ怒っているわよね……)

獣人は身内や仲間を大切にする種族。国王だけでなく、家臣が怒り狂っていても何もおかしな話ではないのだから。

ピタ、とドロテアは足を止める。偶然にも周りには騎士や文官がおらず、このだだっ広い王城の廊下で二人きりとなった中で、ドロテアはレスターに対して深く頭を下げた。

「大変申し訳ありませんでした。暴言についてはもちろん、妹本人を連れてこられなかったことも、妹の我儘をどうにか出来なかったことも、大変申し訳なく思っております」

「……何故、俺に謝罪を？　もしかして怖かったですか？」

ドロテアはゆっくりと顔を上げると、ふるふると首を横に振った。

「少し怖かったのは事実ですが、謝罪したのは怖かったからではありません」

「では何故？」

「姫様への暴言で傷付いているのは、姫様だけではないと思ったからです」

「…………」

レスターは黄金の目をすっと細める。その瞳に射貫かれたドロテアは、慎重に言葉を選んだ。

「家族や仲間を大切にする心優しい獣人の皆さんは、姫様が傷付かれたら同じように傷付くのではないかと思いました。少なくとも、レスター様からは、怒りと同様に悲しみを感じました」

「…………」

「……本当はこの国に来るまでの間、許しを得るためにどう交渉しようか色々考えました。獣人国が我が国との貿易をより有利に進められるよう、私の持ち得る知識を全て渡そうかとか、関税を下げさせたいとお望みならば、どのような品ならばその要望が叶いやすいかお伝えしようか、とか」

「待て。それは貴方の独断でか？　何か学んでいるのか？」

「知識を得ることが趣味でして……権限はありませんが、お役に立てるかと」

もちろんドロテアは一介の子爵令嬢なので、確約はできない。けれど、自身の持ち得る知識には自信があった。多少は役に立てるかもと思ったのだ。

けれど、考えているうちにドロテアは思い至った。

姫が事を荒立てず、国王がシェリー自身に謝罪を求めた、その理由に。

「けれど、そんな政治的なことを求めているならば、今の状況にはなっていないはずです」

「…………」

「代わりの私では、完全に怒りを鎮めていただくのは難しいでしょう。……でも」

ドロテアは再びゆっくりと頭を下げた。

思わず見てしまうほど美しいその姿に、レスターの黄金の瞳の奥が少し揺れる。

「怒りは、その人の心を蝕みます。私の謝罪で、ほんの少しでも皆様の心の傷が浅くなればと、そう願わずにはいられないのです。貴方方の大切な姫様を愚弄したこと、大変申し訳ありませんでした」

「…………お前……」

レスターは顎に手をやると、何やら考える素振りを見せる。

しばしの沈黙を解いたのは、レスターの「顔を上げてください」という柔和な声だった。

「貴方の気持ちは分かりました。しかし、陛下や姫様が貴方の謝罪を受け入れてくださるかは分かりません」

「……もちろんです」

「それに陛下には冷酷非道であるという噂があるのはご存知ないのですか？　殺されるかもしれませんよ」

「いえ、それはないと思います」

「……………！　ほう、それは何故？」

レスターに問いかけられ、ドロテアは曇りのない瞳で彼を見つめた。

「まず姫様が事を荒立てないよう配慮してくださったこと。大切である姫様のその気持ちを、陛下は汲むのではないかと思いました。争いを仕掛けず、謝罪の要求も、妹本人ではなく私が謝罪する場も設けてくださったことからも、血も涙もないような方とは思えません。それどころか、こう思えてならないのです。……陛下は、とてもお優しいお方なのではないかと」

刹那の沈黙。先程はレスターが破ったものの、その静寂はしばらく続くが、それは突然解かれた。

「あはははははっ！！！」

「…………!?」

第三話 ✦ 違和感の正体は……

「……もう演じるのは止めだ。説明は後にして、さっさと行くぞ」……かは定かではないが——


(な、何事……!?)

突然のレスターの笑い声に、誰もいなかった筈の城内の廊下に、続々と獣人たちが集まってくる。猫、狐、兎、犬などの様々な獣人たちが何事だと覗うような目を向けてくる中、ドロテアはそこで、はたと気付いた。

(あれは、犬の獣人よね……レスター様も、確か犬の獣人だって言っていたけれど、何か違和感が……って、そうだわ！　確か犬と狼に関する本で……)

そこで、ドロテアはふと気付いてしまったのだ。何故、レスターの後ろ姿を見て違和感を持ったのか、何故、彼にただならぬ風格を感じるのか。

「あ、あの、もしかして——」

「ドロテアと言ったな。わざわざ妹の代わりに謝罪に来る変人だとは思っていたが——想像以上だ。……もう演じるのは止めだ。説明は後にして、さっさと行くぞ」

「えっ。……きゃあっ!!」

突然の浮遊感。膝裏と背中あたりを支えられ、所謂お姫様抱っこをされたドロテアは、至近距離のレスターを――。いや、彼の名は――。

「あっ、あの、貴方様はっ」

「口を閉じていろ。舌を噛むぞ」

「……へっ、て、きゃぁぁぁあ！！！」

獣人は体が強靱だ。力はもちろん、人間に比べて足も速い。

一応落とさないよう抱き締めてくれてはいるが、それでもドロテアは振り落とされるのが恐ろしくて、彼の首元をギュッと掴むと、ふ、と彼から愉快そうな声が届いた。

王の間まであと半分の道のりだったというのに、およそ数十秒で到着したことから、肉体の差をまざまざと知ったドロテア。

新たな知識を手に入れた喜びと、あまりの速さに恐怖で心臓が激しく鼓動した。

「さて、入るか」

「お、お待ち下さい……！　このままでですか!?　というか、貴方様は――」

ドロテアの声を遮るようにして、ギィ……と王の間の扉が開き始める。

男が騎士たちに目配せをするだけで開いたことも、入城してから、痛いほどに周りから視線を向けられたことも、やはり、そういうことで間違いないのだろう。

（このお方は――）

完全に開かれた扉。最奥にある玉座が空席だったことでより一層、それは確信に変わる。

ドロテアは懇願するように男に下ろすよう頼むと、渋々といった様子で下ろしてくれた彼に礼を述べてから、ドレスの裾を摘んで頭を下げた。

「……改めまして、先の件の謝罪に参りました、ドロテア・ランビリスと申します。……ヴィンス・レザナード国王陛下」

「……ほう、やはり気付いていたのか。聡いな」

そう言って、男はスタスタと歩くと玉座に腰を下ろした。下から眺めているからだろうか、長い脚がより際立っている。

（あれが、獣人国の王……写真がなかったから顔を知らなかったとはいえ、気付くのが遅すぎたわ）

「面を上げろ」との声がかかり、ドロテアはゆっくりと顔を上げていく。

既に王の間にはおそらく姫と思われる女性に、側近と思われる数名の獣人たち。部屋の端には騎士たちが集まっていた。

「ドロテア嬢、はるばるよく来たな。さて、話したいことは山程あるが……まず聞こう。何故俺が国王だと分かった？　俺は挨拶のとき、犬の獣人だと自己紹介したはずだが」

「……それは――」

獣人国の王が黒狼であることは、有名な話だ。だから、ヴィンスは疑問に思っているのだろう。

（分かったとはいえ、すっかり騙されましたけれど）

初めから違和感を持っていたとはいえ、別の犬の獣人を見るまではその違和感の正体に気付けなかったドロテアは、ここまで理由を述べることを躊躇した。

けれど、王の御前、しかも謝罪に来た子爵令嬢如きに、拒否権はない。

「他の犬の獣人の方と比べて、陛下の尻尾が常に真っすぐであったことが、一番の手掛かりでした。犬の尻尾はくるりと丸くなっていることが多いと文献に書いてありましたので」

「ほう。それで？」

「あとは陛下が大笑いしたときの歯です。犬よりも鋭く太い歯がちらりと覗いておりました。金色の瞳も、陛下の特徴だと聞いておりましたので、当てはまるな、と。あとは風格です。……失礼ながら、一介の騎士様とは思えないほどに風格がございましたので」

ドロテアの説明に、ヴィンスはクックッと喉を鳴らす。

何か面白い玩具を見つけたというように細められた目に、ドロテアの心はざわりと揺れた。

「中々観察力に優れているらしい。その能力は侍女の仕事で培ったものか？」

「……優れているなどと、身に余るお言葉でございます。私は一介の子爵令嬢で、ただの侍女でございますゆえ」

全てを見透かしていそうな金色の瞳から目を逸らすことなく、ドロテアは凪いだ声色で言葉を返す。しかし内心はそれほど冷静ではなかった。

（そもそも、どうして陛下は身分を偽るようなことを？）

それに、自惚れでなければ何故か謝罪相手から褒められているのだ。

よく主のロレンヌも褒めてくれるが、ドロテアは褒められるようなことをした覚えはないので、いつも困ってしまうのだけれど。

すると、ヴィンスはより一層楽しそうに口角を上げて鋭い歯を覗かせたかと思うと、ちらりと妹に目配せをした。

姫はその意図に気付いたのだろう。コクリと頷くと、ドロテアに視線を寄せた。

「さて、そろそろ本題に入ろうか。ドロテア嬢、君は自身の妹の代わりに、俺の妹であるディアナに謝罪をしに来た——そうだな」

「はい、左様でございます」

「——だ、そうだがディアナ。お前はどうしたいんだ」

話の矛先が傍に佇む姫君へと向く。

ヴィンスと同じように漆黒の耳と尻尾、金色の瞳。髪の毛も艶々とした漆黒で、お尻にかかるほどに長く、美しい。

シェリーよりも大きな瞳に小さな顔、外に出たことがないような真っ白で陶器のような滑らかな肌。守ってあげたくなるような華奢な肩に、ドロテアはつい目を奪われてしまう。

（絶世の美少女……ああ、なるほど。だからシェリーはわざわざ姫様に暴言を吐いたのね）

自身よりも美しいディアナを辱めたかったのだろう。

シェリーの性格をよく知るドロテアにはそのことが手に取るように分かり、余計に申し訳無さが募って「申し訳ありませんでした」と深々と頭を下げていると、鈴が転がるような声で面を上げてと言われ、ゆっくりと指示に従うと。

「ドロテア様、貴方が謝る必要はありませんわ。それに、此度の件、別に私は何とも思っていないのです」

「……え」

（一体、どういうこと……？）

姫が嘘をついている感じはしない。ならば、どうしてなのか。

ドロテアはできる限り冷静に頭を働かせると、それを直ぐ様理解できた。

「もしや姫様は……姫様のために怒る方たちのために、謝罪の場を設けるよう陛下に進言したのですか？」

「ええ、そのとおりです。よく分かりましたね」

つまり、寛容な姫は愚かなシェリーからの暴言など毛ほどにも思っていなかったのだ。そりゃあ事を荒立てる気にもならないはずである。

しかし、周りがそれを良しとはしなかったのだろう。

大切な相手――我らが姫様が、愚弄されたままだなんて許せるはずがなかった。だから、謝罪の場を設けるという案を出したに違いない。

これならば、周りの家臣たちの怒りは多少鎮まるし、姫も家臣たちの思いに報いることが出来るから。

「失礼ながら、国王陛下が身分を偽っておられたのは、私の本音をここにいる皆様に聞かせる為だったのですね」

ドロテアの視線がヴィンスに向けられる。

ヴィンスはふっと小さく笑みを零した。

「……本当に鋭い奴め。何故そう思った？」

「それは獣人の皆様の特徴――いえ、能力と申しましょうか。それを利用したのかと。……確か、獣人の皆様は、人間よりも何倍も耳が良いのですよね」

「良く知っているな。本当にお前には驚かされる」

獣人の耳が良いことは、以前から知っていた。しかし、どの文献にも具体的なことは書いていなかった。

しかし、王の間に来る前のこと。

誰の姿もなかったはずだというのに、ヴィンスが笑い声を上げた瞬間、遠方から続々と獣人たちは現れた。

ヴィンスの声は耳を塞ぐほどの大きな声ではなかったし、王城の造りが声を反響するようなものではないことは確認済みだったので、それは獣人たちの耳の良さを表していたのだ。

つまりヴィンスの行動はおそらく、王の間に来てからよりも、それまでの方がドロテアの本音が聞けると思ったからなのだろう。

「ディアナは怒ってはいなかったが、俺は多少お前の妹にムカついていてな。謝罪の気持ちが伝わってこないようなら、もう一度サフィール王国へ抗議するつもりだった」

「そうだったのですね」

「最初は泣く泣く謝罪に訪れ、適当に謝罪の品を渡してことを済ませようとする女かと思ったんだが……。具体的な交渉案もあるのに、それよりも真摯な謝罪が重要だとするその姿勢、俺は嫌いじゃない。お前たちもそうだろう？」

ヴィンスが家臣たちに問いかけると、全員が深く頷く。

それは、ドロテアの心からの謝罪が届いた証でもあった。

「……っ、本当に、愚妹が姫様に無礼を働きましたこと、大変申し訳ありませんでした」

ドロテアは改めて頭を下げる。同時にヴィンスは立ち上がると、コツコツと音を立ててドロテアの前まで歩いて来た。

「もう謝らなくても良い。お前の謝罪は、こいつらにきちんと届いた」

ヴィンスに続くようにディアナもドロテアに近付くと、やや腰を屈めて微笑みかける。

「ふふ、ドロテア様、本当にもう良いのですよ。それより、実は入城時から気になっていたのですが……謝罪の品って、何を準備してくださったのかしら？　あっ、違いますのよ!!　見定めるとかそういうことではなく、たった一人で獣人国まで来て、私たちの心を癒そうとしてくださったドロテア様が何を持ってきてくださったのか、その、興味がありまして……」

少し恥ずかしそうにしながら、ふわふわの耳がピクピクと動く様子にドロテアは破顔しそうになるのを必死に抑えた。

（か、可愛すぎる!!　触りたい!!　けれど我慢よドロテア！）

許しを得たからか、気を抜けば涎が出てしまいそうなほどの可愛さだ。ディアナ自身もだが、やはり耳と尻尾の可愛さたるや桁違いなのである。

ドロテアは気を引き締めてから、トランクの殆どのスペースを占めていた大きな袋を取り出した。

「姫様にはこちらをご用意いたしました。喜んでいただけると良いのですが……」

「何でしょう？」とニコニコしながらシュルリと赤いリボンを解いていくディアナ。

そんな彼女の手元を、その場にいる全員が凝視していた。すると。

「まあっ、これは……！　なんて可愛い！　どうして私にこれを？」

それを手に持ちながら、ディアナの興奮を隠せていない尻尾がブンブンと動く。

可愛すぎる……とドロテアは思いつつ、質問に答えることにした。

「私は貴国に謝罪に来るまでの間、姫様が何に興味を示されるのか、出来得る限り調べました。姫様個人の情報を知るには、生誕祭に参加し、かつ姫様と会話をした人物をしらみつぶしに当たるしかありませんでした」

そこで、ドロテアはとある情報を手にしたのだ。

「獣人国の姫が羨ましそうに見ていたよ」「何度も可愛い可愛いと言っていたよ」という代物について。

「ですから、これ、を準備致しました。職人の方は私の主に頼んで探していただきました。私の手持ちの関係とあまり時間がなかったことから、一つしかご用意が出来ませんでしたが……気に入っていただけると幸いです」

ドロテアの説明が終わると、ディアナはそれを手に持ったままウズウズとしている。

ドロテアはニコリと微笑んでから、それをディアナから受け取る。そして。

「失礼いたします、姫様。……ま、まあ！　なんて可愛い…………！！！」

淡いラベンダー色の生地。小さな顔がより際立つような広いつば。てっぺんからひょっこりと見えるふわふわとした黒い耳。

「えっ？　どうですの？　似合っていますか？」と不安げに問いかけてくるディアナに、ドロテアはトランクから直ぐ様手鏡を取り出すと、それをディアナの方へと向けた。

「まっ、まあ！　お兄様見てください！　お耳が潰れない帽子ですわ！　私、ずっとこういう帽子を被ってみたかったんですの！」

「ああ、よく似合っている」

獣人国で売られている帽子は、耳に当たらないように作られている小さなものばかりだ。それも大変可愛らしいのだが、ディアナが興味を持っていたのは、すっぽりと頭を包み込むようなタイプの帽子だったのである。

しかし、そのまま被れば耳が潰れてしまう。それでは痛いし、帽子の形も崩れてしまう。

そこでドロテアは考えたのだ。ディアナが被りたい帽子を被れるよう、耳の部分には切れ込みを入れたら良いのだと。もちろん、切れ込み部分には耳が痛くならないよう柔らかな生地を使い、着脱の際は少し緩められるよう、耳の部分のサイズ変更もできる仕様になっている。

「姫様、大変お似合いです……！」

「ドロテア様ありがとうございます！　私、こういう帽子を被ってみたくて……！」

「まだ試作品のレベルですので、デザインはシンプルなものではありますが、職人から型紙を貰ってきておりますので、獣人国で量産することも可能かと」

嬉しそうに頬を緩めているディアナに、ドロテアの心はじんわりと温かくなる。……職人には型紙代はきっちり支払ってあるので、懐は寒いのだけれど。

「良かったな、ディアナ」

「はい、お兄様！　私、こんなに嬉しい贈り物は初めてかもしれません……！　ドロテア様、本当

にありがとうございます……！」

「いえ。姫様に笑顔になっていただき、大変嬉しく思います」

周りの獣人から「姫様素敵です！」「姫様バンザイ！」なんて声が飛び交うと、ディアナは自身の姿を文官であろう兎の獣人へと見せに行く。

その後ろ姿を眺めていると、突然伸びてきたヴィンスの手に、ドロテアは反射的に一瞬目を瞑った。

「ひゃっ」

「……本当に、不思議な女だな」

ヴィンスに頬をスリスリと撫でられ、男性経験など皆無のドロテアは、その場でピシャリと固まってしまう。

そんなドロテアの姿に、ヴィンスはくつくつと喉を鳴らした。

「男慣れはしていないようだ。サフィール王国では良い人はいなかったのか？」

「……っ、お調べに、なっているのでは!?」

「ああそうだ。意地の悪いことを聞いたな」

(し、知ってるくせに意地悪な……！)

とはいえ湧き起こってくるのは怒りではなく羞恥心だ。

ヴィンスは眉目秀麗なだけでなく、聞き心地よい低い声が蠱惑的なものだからドロテアは困ってしまう。

「……わ、私の見た目は、あの国では受け入れられないのです。その、妹や姫様のような見た目が好まれるので、私は正反対なのです」

「サフィール王国の男共は見る目がないな。お前のキリリとした涼やかな目は美しく、スラリとした身体つきはこんなにも魅惑的なのに」

「…………!?」

頬にあった手はするりと腰に回され、ヴィンスと密着する形となったドロテアは息をするのを忘れそうになる。

何だかいい匂いまでするので頭がクラクラしそうだが、ドロテアは必死に気を張ってヴィンスを見上げた。

「お戯れはおやめください！　いくら私が謝罪しに来た身とはいえ、流石に——」

「お前があんまりに初な反応をするから仕方がないだろう？　俺は可愛いものは存分に愛でる質なんでな」

「かっ、かっ、かわ……!?」

（このお方は目が悪いのかしら……!?）

こんなこと、生まれてこの方言われたことがあっただろうか。否、ない。

自問自答は出来たものの、顔が沸騰しそうなほど熱くて、他のことは何も考えられなくなる。

ドロテアが口をパクパクとさせると、ヴィンスが薄らと目を細めながら顔を近付けた。

「そんな反応をするかと思えば、国を揺るがすような知識をぽんと差し出すと言う——デタラメかと思ったが、ここまでの会話であれが本音だというのが分かった。それと、何故サフィール王国でお前が男から相手にされないのかも」

「そ、それは、私の見た目が……」

「違う。おそらく一番はそうじゃない」

はっきりとそう言われ、ドロテアは腰を引き寄せられている状況を忘れてヴィンスの言葉に耳を傾けた。

「簡単なことだ。サフィール王国では、女は男よりも優秀であってはならないという、そんな教えがあるな」

「は、はい」

「だからだ。ドロテア嬢——お前は、聡明で、優秀すぎるんだ」

「えっ」

知識量然り、観察力然り、相手の気持ちを考えて、しっかりと頭を下げられること然り、相手を喜ばせるための情報収集力に、行動力然り。

——それは当たり前じゃない、とヴィンスにそう言われたドロテアは、あまりの驚きに口をぽかんと開けてしまう。

「け、けれど、私は知らないことを知るのが好きなだけで、あれは趣味で」

「意識はどうあれ、趣味の領域は遥かに超えているだろう」

「た、確かに私がお仕えしている方は凄いなどと褒めてくださいますが、家族は少し頭が良い程度だと」

「失礼だが、お前の家族が愚かすぎて、ドロテア嬢の有能さなど測れないんじゃないのか」

「…………!!」

——そう、言われてしまうと。

ヴィンスがドロテアにわざわざ世辞を言う必要もないし、確かに以前夜会で、男性たちが逃げていったのはドロテアの顔を見てからではなく、会話をしてからだ。

(確かあのときは、その相手の家の事業や領地について話したわね。とにかく何か話さなきゃと思って、知っていることを口にしたような気も……それじゃあ、まさか本当に？)

ドロテアの表情から、思い当たる節があることを察したのだろう。

ヴィンスはドロテアの顎をクイと掴んで上を向かせると、ニヤリと微笑む。

「ドロテア嬢——いや、ドロテア。お前に結婚願望があることも調べはついている」

「…………!?」

「無自覚な優秀さは、気付いたところで言動の端々に表れるだろう。このままじゃ、お前はサフィール王国では一生結婚出来ない」

「…………っ」

——そんなことはない、とは言えなかった。

ドロテアは未だに自身の能力をそれほど凄いとは思っていないが、それと周りの評価が違うということは分かってしまったからだ。それ即ち、ヴィンスの発言に誤りはないということ。

「一生……独り身…………」

「……っ、おい……！」

謝罪が無事に済んで安心したと思いきや、まさかの未来にドロテアはカクンと膝が折れた。

ヴィンスが支えていたので倒れることはなかったものの、生気が抜けたような彼女に、ヴィンスはニコリと微笑んだ。

蠱惑的《こわくてき》なのに、どこか少年のような悪戯っけを感じるその笑みが、ドロテアの視界に映ると、男はおもむろに口を開いた。

「それなら、俺の妻になれば良い」

「……つま？　…………妻!?」

「そうだ。俺はドロテアが気に入った。お前の有能さも、度胸も、心根が優しいところも全て。……大切にするから、俺の妻になれ」

第四話 ✦ え？　もう一度仰ってくださいます？

人生でこんなに驚いたことがあっただろうか。

――否、ない。ドロテアはそうはっきり答えることが出来るだろう。

それに、恋愛面においては一切経験がないドロテアがこの場で「嬉しいです～あはは～」なんて流せるはずもなく。

「レザナード陛下……大変お褒めいただいて有り難いのですが、貴方様のお言葉には、私では到底想像できないほどの責任がつきまとうはずです。……お戯れは――」

まるで子供を窘めるように。ドロテアが出来得る限り冷静な声色でそう告げると、ヴィンスはぐぐっと顔を寄せた。

「冗談じゃない。からかっているわけでも、軽い気持ちで言っているわけでもない」

「…………っ」

ヴィンスしか視界に入らない程の距離で、力強い黄金の瞳に見つめられ、真剣な声色でそんなふうに言われたら。

（ほ、本当に私のことを好いて……？　いや、でも……）

生まれてから二十年、ドロテアは両親に、そして周りに女として無価値であるように言われてきた。売れ残りだとも言われたし、妹と比べられて「シェリー様はあんなに可愛いのに」とも言われ、それほど表に出さなかっただけで、何度も何度も傷付いてきた。

「……そんな、わけ……」

だから、先程挙げられた自身の聡明さも自覚しきれていないこともあって、ヴィンスの言葉をそう易々と信じることは出来なかったのだ。

それに、ヴィンスは獣人国の王。それに比べて、ドロテアは他国の子爵令嬢である。

獣人国レザナードとサフィール王国は同盟国であるため、その繋がりを強固にするために政略結婚をすることは十分に考えられるけれど、その場合はどう考えてもドロテアでは格がたりない。

これがもしシェリーであれば『聖女』という称号があるので多少マシだろうが、一般的に考えればヴィンスの相手は公爵家の令嬢か王女から選ぶのが妥当だろう。

「信じられないか？」

「…………」

瞳の奥を動揺で揺らすドロテアに、やや小さな声で問いかけたヴィンスの表情には、怒りはなかった。

ただただ真剣にドロテアを見つめて、形の良い唇の端が僅かに上がった。

「まあ、当然の反応だな。今日会ったばかりの男から求婚されて、おいそれと頷くような者は少ないだろう。ドロテアのような真面目そうな女なら尚更。……今、頭の中がぐちゃぐちゃだろ」

「……っ、申し訳ありません」

「謝る必要はない。だが、今ドロテアの頭の中を支配しているのが自分なんだと思うと、俺は気分が良いがな」

「〰っ」

「……さっきからずっと顔が真っ赤だぞ。そんな可愛い反応をされると、是が非でもお前が欲しくなる」

流石にここまで来るとディアナや文官たちもざわつき始め「これ、誰か仲介に入ったほうが良くないか……？」と呟いたのは一体誰だっただろう。

獣人たちは耳が良いため、初めからドロテアとヴィンスの会話は聞こえていたし、口を挟むつもりなど到底なかったのだが、流石にヴィンスの甘過ぎる雰囲気に耐えきれなくなったのだった。

「──陛下、そろそろ彼女を放して差し上げては」

「……チッ、邪魔をするな、ラビン」

ラビンと呼ばれた青年は、ぴしりと凛々しく立った耳が特徴な、兎の獣人だ。

ディアナが帽子を被った姿を真っ先に見せに行ったのも彼である。

「お兄様、舌打ちはよくありませんわ。ドロテア様が怖がってしまいますわよ？　それと、ラビンは邪魔をしたんじゃなくて、お兄様のことを思って止めただけのことですからね！」

　ヴィンスに駆け寄ってきたラビンにぴたりとくっついてそう言うディアナに、ヴィンスは渋々ドロテアの腰から手を離す。

（た、助かったわ………）

　ディアナとラビンの介入のおかげで一旦ヴィンスと距離が取れたドロテアは、胸に手をやって呼吸を整える。『お前が欲しくなる』なんてことを言われて、平然としていられるわけがなかったから。

（落ち着いて……落ち着くのよドロテア。私は謝罪に来たのよ……お詫びの品も渡したし……許しも得た。後は最後に挨拶をすれば、城を出ても不敬には当たらないはず……）

　ヴィンスという男がどういう人物かも知らない上に、身分が違いすぎる相手からの求婚。

　とりあえず国に帰ってから対処しようという方針が決まったドロテアは少し落ち着きを取り戻すと、間に入ってくれたディアナとラビンに丁寧に頭を下げてから、ヴィンスと向き直った。

「レザナード陛下、改めまして此度の件、大変申し訳ありませんでした。……では私はそろそろ──」

「誰が帰っていいと言った？」

「…………！」

　周りの獣人たちも無意識に背筋を正すほどの威圧感に、ドロテアの額に汗が滲む。

（まずい、これはまずいわ……）

蛇に睨まれた蛙はこんな気持ちなのだろうか。ドロテアは被食者にでもなったような感覚に陥り、反射的に目をギュッと瞑ると「ドロテア」と低い声でヴィンスに呼ばれて、命欲しさに目を開くと。

「お前は一つ勘違いをしているな」

「な、何がでしょうか……」

一気に詰められた距離。腰を屈めたヴィンスの顔が再び至近距離に来たと思ったら、彼は鋭い歯を見せながら微笑んでいた。

「お前の妹の件、ディアナと周りの奴らは許したが、俺は許したと言った覚えはないぞ」

「えっ」

そんな馬鹿な……とディアナは先程までの会話を思い返すと。

──『お前の謝罪は、こいつらにきちんと届いた』。

（た、たしかに!!　姫様にはお許しを頂いたけれど、レザナード陛下は……！）

雰囲気は許しているという感じだったけれど。とも思わなくもないが、確かにヴィンスの言うとおりなので、ドロテアが改めて頭を下げようとすると、それは叶わなかった。

「ドロテア、俺はお前がどれだけ謝っても許すつもりはない」

「……っ」

そう言ったヴィンスに、再び顎を掬われてしまったからである。

　まるでキスシーンのような状態なのに、言われていることが絶望的過ぎてドロテアは冷静な判断が出来なくなっていたのか、「では何をすれば……？」と口にしたのが間違いだった。

　ヴィンスのニンマリと上がる口角に、やれやれとため息をこぼしたのは、兎の獣人のラビンだった。

「俺の妻になれ。そうすれば謝罪は受け入れる」

「は、はい…………!?」

「その条件しか呑むつもりはない。俺は欲しいものはどんな手段を使っても手に入れる性格なんでな」

　とびっきりの甘い声でそう言われて、ドロテアは内心横暴だと思いつつも、胸がきゅうっとなるのだから困ったものだ。

　さも当たり前のように頷いてしまいそうになる自分にハッとしたドロテアは、ブンブンと首をふる。

（いや、いくらなんでも私を本気で好きになんてならないだろうし、身分の差もあるし、独断で決めるものでもないし……！）

　しかしそんなドロテアだったが、ヴィンスが耳元に唇を寄せて囁いた言葉に呆気なく陥落するのだった。

「ドロテアお前――俺たちの耳や尻尾が堪らなく好きなんだろう？　見ていれば分かる」

「…………！」

「そこでだ。妻になれば、俺の耳と尾なら好きなだけ触っても良いが」

「……!!　はい！　なります！　……あっ」

「言ったな？　言質は取ったぞ」

――こうして、ドロテアは獣人国レザナードの国王、ヴィンスに嫁ぐことになったのだけれど。

まさか、これからヴィンスの思いを疑えなくなるくらいに溺愛されることになるとは、このときはまだ夢にも思っていなかったのだった。

第五話 ✦ 聖女は能天気

——サフィール王国、ランビリス邸では。

「シェリー、少し話があるんだが、良いかい？」

「あらお父様、どうなさったの？」

ドロテアがヴィンスから熱い求婚を受けている一方で、自室にいたシェリーは突然現れた父にニコリと微笑む。

そんなシェリーの側には色とりどりの可愛らしいドレスを持ったメイドたちが数人おり、ちょうど今度の建国祭に着ていくドレスを選んでいるところだった。

「おや、邪魔をしてしまって済まないね、シェリー」

「構いませんわ？　結局私はどれを着たって似合うのだし！　うふふ」

愉快そうに言ったものの、実はシェリーの内心では少し不満が募っていた。

というのも、今メイドたちに持たせているドレスは、数日前にランビリス家で購入したものと、婚約者である第三王子のケビンが以前の生誕祭のときにプレゼントしてくれたものだったからだ。

（もう、ケビン様ったら。建国祭まであと一ヶ月だというのに、いつになったら新しいドレスを贈ってくださるのかしら）

ケビンの婚約者になってから早二年。生誕祭や建国祭、宮廷舞踏会などの大きな催事の前になると、彼は必ずドレスやジュエリーの贈り物をしてくれた。

美しいが故に『聖女』の称号を与えられたシェリー。その美しさに惚れたケビンは、シェリーにぞっこんだったのだ。シェリーがより一層美しくなるためならば、金に糸目をつけなかった。

（ま、最近公務がお忙しいって言っていたから、忘れているのね。今度顔を見せに行ったときに、それとなくドレスの話をしようかしらっ！　もう！　しょうがないんだから！）

シェリーはそう自己完結を済ませると、メイドたちに一旦ドレスをしまうよう指示をする。

そして、父が座るソファの向かい側のソファへと腰を下ろしてから用件を伺うと、瞠目することとなった。

「……知り合いに王城に勤める文官がいるんだが、そいつからとある話を聞いてな。……理由は分からないが、近々『聖女』の称号を廃止しようとする話が出ているらしいんだ」

「えっ？」

（何？　何で？　どういうこと？）

しかしシェリーが詳細を聞こうにも、父もそれ以上のことは知らないらしい。

シェリーはうーんと頭を捻る。

けれど、元から頭が良くない上、幼少期から両親に見た目のことばかり気遣われ、勉強なんてしたらサフィール王国の教えに引っかかる恐れがあるからと言われていたシェリーには、何一つ思い浮かばなかった。

それにこういうとき、ドロテアがいれば色々調べたり考えたりして答えを導き出してくれていたからだ。

（もう！　何でお姉様いないのよ！　獣への謝罪なんてさっさと済ませて戻って来たら良いのに。ちょ――――っとだけ、頭は良いんだから！　というかそれしか取り柄がないのだし）

シェリーからしてみれば、自分の尻拭いに行ってくれているというドロテアへの感謝なんてそこにはなく。父も同じだったのか、「ドロテアの奴が帰ってきたら直ぐに調べさせるか」という始末だった。

父の言葉にコクリと頷いたシェリーはおもむろに口を開く。

「けれどお父様『聖女』の称号が無くなるかもしれないとして、それ程大きな問題ではないわ？」

「国で三人しか賜っていない称号だぞ!?」

「それくらいは知ってるわよ～。でもだって、私は美しいから『聖女』なのであって、『聖女』だから美しいのではないわ？」

「ま、まあ……確かに……」

そう、だから『聖女様』と呼ばれなくなることは多少寂しいけれど、特段大きな問題ではない。

シェリーの言葉に父は少し安堵し、同時にぽろりと本音を零した。

「『聖女』じゃなくなったら殿下との婚約が白紙になるんじゃないかと一人焦っていたが……たしかにシェリーの言う通り、お前の美しさが変わらぬならそんなことは有り得ないな」

（お父様そんなことを思っていたの？　失礼しちゃうわ）

ケビンだって、『聖女』だからではなく『シェリー』だから婚約者に選んだに決まっている。問題なんてあるわけがない。

ましてや白紙になんてなるはずはないのだ、絶対に。

このときのシェリーは、そう思っていた。

まさか、あんなことになるだなんて夢にも思わずに。


「あら……もうこんな時間。そりゃあ眠気も来るわよね……」

ドロテアは椅子に座った状態でうーんと腕を伸ばすと、時計の針が夜更けを指していることに気付き、求婚されてからの怒濤の数時間に思いを馳せた。

「──売れ残りだと言われた私が婚約」

数刻前、ヴィンスに求婚されたドロテアは、彼の耳と尻尾が触り放題ということに釣られて、つい婚約を承諾してしまった。

とはいえ、その段階ではまだ口約束だったので逃げ道はあったものの、直ぐ様ヴィンスから『婚約誓約書』を出され、やや威圧的に「早く書け」と言われれば、拒否権はないに等しかった。

ドロテアはまさかそんな書類に自分の名を記すことになるとは夢にも思わなかった。夢の結婚への第一歩である。しかし。

「……まさか相手がレザナード陛下だなんて……昨日までの私には信じられないわね」

メイドが食後に入れてくれた紅茶を飲みながら、ドロテアは頭を抱える。

「ああ……まさかこんなことになるなんて……けれど、やらなきゃいけないことをまず終わらせないと」

ドロテアの為に急遽用意された豪華な部屋で、ボソリと呟く。南向きの大きな部屋は、おそらく最上級のもてなしなのだろうに、喜んでばかりはいられないのだ。

「陛下は実家に婚約の説明を書いた手紙と、私が署名した婚約誓約書を送ると言っていたけれど、そこに私からの手紙も添えてもらいましょう」

いくら愛されなかったとはいえ家族だ。最低限の連絡くらいはしなくてはならないだろう。

「それにロレンヌ様と、あと同僚たちにも手紙を書かないと。いきなり侍女を辞めるだなんて不義理な真似はしたくないけれど、これはもはや私ではどうにもならないしね……」

というのも、部屋に案内してもらう前、ドロテアが一度国に帰りたいと頼んだときのことだ。

『家族やお世話になっている方へ、一度ご挨拶をするために帰国しても良いでしょうか？』

『……駄目だ』

『えっ。理由を聞いても宜しいですか？』

『ドロテアの両親が婚約誓約書にサインし、その書類が俺の手元に届くまでは絶対帰さない。遅くとも数週間後のことだろう。悪いが我慢してくれ』

――ドロテアは子爵家の娘なので、婚約には両親の許可がいる。

そのため、確実に婚約が結ばれてからでないと、ドロテアを国へ戻すのは不安だと、ヴィンスがそう言ったのだ。

「そんなに私、信用ないかしら……？」

それに、ヴィンスは本当ならば婚約ではなく直ぐに結婚をしたいらしいのだ。

しかし、獣人国の男性が他国の女性と結婚する場合は、半年の間は婚姻を結べないと法律で定められている。他国の女性が嫁いできて、実は違う男の子どもを妊娠していました、なんてことになったら目も当てられないからである。

「まあ、とにかく、今日は手紙を書いたら休みましょう。流石に疲れたわ……」

眠たいながらも、美しい文字ですらすらと文章を綴っていくドロテアは、手紙の内容の主役であるヴィンスのことを頭に思い浮かべて、ふいに小さく微笑んだ。

「……けど、綺麗だとか、聡明だとか、大切にするとか、欲しいだなんて言われたことなかったから、嬉しかったな」

ヴィンスの内心がどうであれ、求婚自体は飛び跳ねるほど嬉しかったドロテアは、カーテンの隙間から見える満月に、目を奪われる。

「月が綺麗ね……」

明日からどんな生活が待っているのだろうと、不安と期待が入り交じった夜を過ごした。

ドロテアがようやくベッドに身体を滑り込ませた頃。

文官であり、幼少期からの幼馴染みでもあるラビンを道連れに、ヴィンスは日中の仕事の遅れを取り戻すため執務室で書類仕事に精を出していた。

机に顔を伏せながら、日中はピシッと立っていた耳が後ろに垂れた様子のラビンはどうやら疲労困憊のようだが、ヴィンスは知らんぷりだ。

「ヴィンス……貴方の体力は本当に無尽蔵ですね。連日こんな時間まで良く仕事ができるものです」

「お前が脆弱なだけだ。たまには運動しろ」

幼馴染ということもあって、周りに人がいないときは『ヴィンス』と呼ぶラビンは、重たいため息をつく。

文官は日々忙しく夜通し仕事をすることが時折あるにはあるのだが、今日はラビン以外の文官は定時に退城したからである。

もちろん、それを指示したのはヴィンスだ。

「昼間、ヴィンスとランビリス子爵令嬢との邪魔をしたことまだ怒っているんですか？」

「怒ってはいない。ただ、お前に仕事を手伝わせてやりたい気分だっただけだ」

つまり仕返しでは？　怒っているのでは？　と思ったものの、言葉を呑み込んだラビン。

眠気覚ましのコーヒーで頭をスッキリさせてから、それにしても、と話題を切り替えた。

「ヴィンスがあんなに誰かに執着するところを初めて見ました。本気で惚れたんですか？」

「ああ、そうだ。……ドロテアは、俺にとって最初で最後の女だろう」

先程まで常に動いていた筆を、ヴィンスはゆっくりと机へと置く。

――ドロテアのことは、妹であるディアナを貶したシェリーを調べているついでに詳しくなった。

聖女のシェリーと比べられ、見た目が可愛らしくないと言われていることも、嫁の貰い手がなく、侍女として勤めていることも。

「サフィール王国の男共に見る目がなくて助かった。ドロテアが誰かの妻だったら、流石に俺も求婚は出来ないからな」

もちろん、家族――特に妹のシェリーが何か問題を起こすたびに、尻拭いをさせられていることも直ぐに調べがついた。

貴族として、民に迷惑をかけまいと行動するドロテアに、ヴィンスは会う前から興味があったのは確かだ。

しかし、実際に会うと、興味だなんて浅はかな感情は直ぐ様消えていった。

（一介の騎士を演じていた俺に当たり前のように頭を下げ、心の傷を少しでも浅くしたいと言い、王を冷酷ではなく優しいと言い切るとは。……変な女だ。だが）

数少ない情報からレスターがヴィンスであることも悟り、ディアナの考えも悟り、獣人に対する理解や知識、勉強を趣味というほどの知的欲求の強さ。気遣いや観察力にも優れ、行動力も、思慮深さも、自身の美しさに気付いていないところも、能力の高さに気付いていないところも、全て。

――気付けばヴィンスは、ドロテアの全てに惹かれてしまっていた。

（こんな感情は生まれてこの方初めてだな）

ドロテアに対して芽生えたのは独占欲や執着心、ドロドロに甘やかしたいと思うのに、どこか困らせてやりたいと思ったり、笑顔にさせたいのに、泣かせてやりたいとも思う、そんなどうしようもない感情だった。

「ドロテアは絶対に俺の妻にする。ラビン、惚れるなよ」

「惚れませんよ！　私には昔から好きな方がいるので」

「……だったら、さっさと伝えれば良いだろう。どう見たってあいつはお前に気があるだろ」

ヴィンスの発言に、ラビンは耳をピン！　と立てて、頬を朱色に染めた。

「違いますよ……彼女は、幼馴染である私に懐いてくれているだけで……私のようなドロドロとした感情は持ち合わせていないのです。何故なら天使だから！」

「あ――分かった。もうこの話は良い、聞き飽きた。天使だの女神だの勝手に言っていろ」

ハァ、とため息を漏らしたヴィンスは頬杖をついてから、再びドロテアに対して思いを馳せる。

（半分脅しのような形で誓約書に名前を書かせたが……さて、どうやって落とそうか）

ヴィンスはもうドロテアのことしか考えられない。彼女の心も身体も全てを欲している。

そのためにはまず、ドロテアに自身を好きになってもらわなければならないのだが。

（……ふ、やはりこの耳と尾を触らせてやるのが一番か。触っても良いと言ったときのドロテアの反応と来たら、好物を出されたように目をキラキラとさせていたしな。……あれはかなり可愛かった）

しかし、母国への一旦の帰省を許さなかったことについては、少し反省する部分がある。ヴィンスは、ドロテアの困った表情を思い出して、僅かに眉尻を下げた。

（だが、正式に婚約者になっていない状態で帰国させて、どこぞの馬の骨に掻っ攫われてはたまらない。……それに）

勤め先の公爵家では良くしてもらっていたらしいのでそちらの心配はいらないが、実家が問題だ。帰れば、また妹の尻拭いをさせられるのではないか。売れ残りだなんて言っていた両親に、今度はヴィンスとの政略結婚の駒として、余計なことを口出しされるのではないか。

そのせいで、ドロテアが傷付くこともあるかもしれない。ヴィンスにはそれが、たまらなく嫌だったから。

（正式に婚約者となれば、何かあっても俺がドロテアを守ってやれる。それまでは――）

ドロテアの両親へと宛てた手紙には、この婚約を認めない場合は、問答無用でシェリーの発言を問題にすると書いてある。

ドロテアに尻拭いをさせなければという危機感は持っている訳だから、必ず署名をして送り返してくるだろう。

「……可哀想に」

「何か言いましたか？」

「いや、ただの独り言だ」

狼という生き物は、一生のうちに一匹だけ番を決める。その番を生涯愛し続ける、そんな生き物だ。

番が先に死んだ場合は一生他の番は作らないような、そんな純真で、執着心の強い生き物なのだ。

（ドロテア…………悪いが俺は、もう何があってもお前を離してやれそうにない）

――だから、早く、一秒でも早く俺を好きになってくれ。

ヴィンスは深く椅子に腰掛けて天を仰ぎながら、そんなことを強く願った。

第六話 ✦ 至福のもふもふタイム

レザナードで迎えた一日目の朝は、思いの外激しいものだった。

「ドロテア様申し訳ありません……！　本当に申し訳ありません……!!」

ベッドから上半身だけを起こしたドロテアに何度も頭を下げるのは、リスの獣人で、今日から専属のメイドとして仕えてくれるナッツである。

ふわふわな栗毛のポニーテールに、控えめな耳。ナッツの体の半分ほどの大きさはある尻尾が、謝罪のたびにぶわんぶわんと揺れるのを、ドロテアはポタポタと落ちる雫の合間から見ていた。

洗顔用の水を張った桶をナッツが盛大にひっくり返し、それがドロテアの頭上に降り注いだのである。

「良いのよ、気にしないで。ナッツ、だったわよね？　誰にでも失敗はあるから、ほら、片付けましょう？　……と、その前に手ぬぐいだけ取ってくれるかしら？」

「……な、なんてお優しいのでしょう！　手ぬぐいは直ぐに!!」

「待ってナッツ！　そのまま振り向いたら、貴方の尻尾で今度は花瓶が落ちてしまうから……！」

「はわわわわっ！！！　申し訳ありません～!!」

――ナッツはどうやら、かなりおっちょこちょいらしい。

朝のやり取りだけでもそれがはっきりと分かったドロテアだったが、ナッツに対しては好印象を持っていた。

というのも、彼女はおっちょこちょいだが、ドロテアに気持ち良く過ごしてもらおうという気遣いに満ち溢れているからである。

ドロテアはナッツからふわふわの手ぬぐいを受け取って軽く髪の毛や顔を拭きながら、ふふ、と笑みを零した。

「ナッツ、洗顔用の水の温度、温かくて有り難かったわ。それに、朝スッキリ目覚められるように香を焚いてくれたのね？　ありがとう」

「我らが王であられるヴィンス陛下の婚約者であるドロテア様に気持ち良く過ごしていただくため当然のことでございます！　なのに私ったら……！　朝から大失態を……!!」

「ふふ、本当に気にしなくて良いわ。すぐ乾くもの！」

厳密にはまだ正式な婚約者ではないけれど、両親はドロテアが嫁ぐのならばどこでも良いだろう。それが他国の王となれば反対する理由もないはずなので、ドロテアはわざわざ訂正することはなかった。

（レザナード陛下は慕われているのね。それにしても、ナッツのような優しそうな子がメイドにな

ってくれるなんて、嬉しいわ）

ランビリス子爵家でのドロテアの扱いは、あまり貴族らしいものではなかった。両親の命令なのか、メイドはいつもシェリーにかかりきりで、ドロテアは大した世話をしてもらった覚えはない。

貴族令嬢としての教育は受けられたし、趣味の勉強を取り上げられることがなかったことだけは救いだけれど。

……ともかく、ドロテアからしてみれば、少しおっちょこちょいだろうが、こうやって誠心誠意仕えてくれるナッツの存在は、心から嬉しかったのだ。

「ナッツ、これからよろしくね」

「こちらこそよろしくお願いいたしますドロテア様……！」

こんな良い子をメイドに寄こしてくれたのはヴィンスだろうか。だとしたら、感謝しなければ。

「他の皆も、これからよろしくね」

「「こちらこそよろしくお願いいたしますドロテア様!!」」

後から他のメイドたちもやって来て、ベッドのシーツ類の洗濯や身仕度を済ませる中、ドロテアはほっこりとした気分で迎えることができた朝に頬が緩んでしまう。

そうして着心地の良いドレスに身を包んだドロテアは、運ばれてきた朝食を楽しんでから、ソファに移って食後の紅茶をスルスルと口に含む。

普段はロレンヌに入れる立場だったので、こうやって給仕をしてもらうのは少しむず痒いが、飲

んだことのない紅茶の味に興味のほうが勝った。

「ねぇナッツ、この紅茶はなんという名前なの？」

「これはモルクードという紅茶です」

「まあ！　これがあのモルクードなのね!?　獣人国の西部の一部でしか採れないという貴重な……！　そんな貴重なものを飲めるなんて……！」

「陛下の計らいなのです！　これは陛下でも頻繁には飲めないもので……ドロテア様は本当に愛されておられますね」

「えっ、あ、愛………」

（そう、よね。陛下の本心はどうであれ、凄く、大切にされているのが分かるわ……）

部屋はもちろん、早速メイドをつけてくれて、珍しい紅茶を振る舞うよう伝えてくれていて、それに、このドレスも。

小柄なディアナとは体格が違いすぎる為、間違いなく彼女のお古ではないのだろう。

昨日の今日で時間がなかったはずだというのに、着心地もよく立派なドレスを何着も用意するのは、大変だったはずだ。

「レザナード陛下は、お優しい方なのね……」

「ここまでお優しいのはドロテア様にだけですわ！　陛下は使用人や民にも優しいですが、ドロテア様への気遣いは桁違いです！　ドロテア様は素敵なお方ですから、陛下に愛されて当然です。

あ！　実は私も……というか昨日この屋敷にいた者は全員ドロテア様のお話を聞いていたので、皆ドロテア様のことが直ぐに大好きになりましたし、素敵なお方というのは分かっているのです～」

うふふ～と少しぷっくりとした頬を綻ばせるナッツ。

話が聞かれていたことや、愛されて当然だなんて言われることに恥ずかしさはあるが、シェリーに対しての怒りが鎮まったのなら良かったとドロテアが安堵すると、とある疑問が浮かんだのだった。

「ナッツ、王城で聞かれたくない話――仕事の重要事項やプライベートな話をするときはどうするのかしら？」

「はい！　個室の扉には特殊な加工がしてあって、扉を閉め切っていれば、声が王城中に響き渡ることはありませんのでご安心ください！」

「なるほど、ありがとう」

だから、昨日のヴィンスとの廊下での会話は皆に聞こえていたのか。

王の間でも扉は開いていたので、どうやらそういう理由だったらしい。

疑問が解決し、すっきりしたドロテアはティーカップをソーサーに戻すと、そろりとナッツの尻尾へと視線を移した。

「ナッツ、貴方本当に可愛いわね……特に、そのくるんとした大きな尻尾」

「えっ！　ありがとうございます！　そういえば、ドロテア様は私たち獣人の耳や尻尾がお好きなのですよね？」

「ええ。そうなの！　大好きなのよ」

――昨日、ヴィンスに『俺たちの耳や尻尾が堪らなく好きなんだろう？』と耳元で言い当てられたが、どうやらそんな僅かな声でも獣人の耳には届くらしい。

説明するのが省けたドロテアは、おいでおいでとナッツを近くまで来させて窺うように口を開いた。

「……その、嫌じゃなければで良いのだけれど……」

「はい」

「少しだけ、少しだけで良いの！　その愛らしい尻尾を、触らせてくれないかしら……？」

ドロテアは可愛いものが大好きだ。特にふわふわしたものに目がなく、獣人国にずっと来てみたかった。

しかし謝罪に来たため、出来るだけ煩悩を打ち消していたのだけれど。

（もう謝罪は済んだのだし……それに、本当に陛下と結婚するならば、ずっと獣人国に住むわけだから、我慢をしすぎるのは良くないわよ。ええ、良くないわ……！）

ヴィンスの誘惑に乗ってしまうくらいなので煩悩は殆ど打ち消せていなかったけれど、枷が外れたドロテアは欲望に忠実だった。

ナッツは、コテンと首を傾げてから、花が咲くようにニコリと微笑む。

「そんなことでしたか！　私の尻尾で良ければいくらでも触ってください！　今日、気合を入れて手入れしておいて良かったです〜！」

「本当に？　本当に……良いのね……!?」

念押しして確認すれば、くるりと背中を向けて、どうぞと言うナッツ。

ドロテアは念願の瞬間に、ゴクリと生唾を呑んでから手を伸ばした。

――しかし、そのときだった。

「ドロテア、何をしているんだ？　浮気か？」

「レ、レザナード陛下……」

突然現れたヴィンスはナッツに向かって手を上げ、部屋から出るよう指示をすると、長い脚でスタスタと歩いてソファに座るドロテアの隣に腰を下ろした。

（待ってナッツ……！　やっともふもふ出来ると思ったのに……!!）

礼をして退室するナッツに対してドロテアはそう思ったものの、ヴィンスの前ということもあって表情には出さず、居住まいを正した。

「お、おはようございます陛下」

「おはようドロテア、よく眠れたか？　そのドレス、良く似合っている」

流れるように褒めてくるヴィンスに、ドロテアは羞恥で口をパクパクとさせてから、よく眠れたかという質問に対してだけ「おかげさまで……」とぽつりと答えた。

「それは良かった。もし何か不便があるなら気にせずに言え。——で、さっきのは何だ？」

足を組み、覗き込むようにして問い掛けてくるヴィンス。甘くて低い声が、ドロテアの耳に届く。

「俺の耳と尻尾は好きに触って良いと言ってあるのに、他の者を触ろうとするとは、どういうことだ？」

「……っ、そ、それは、そう言われましたが、他の獣人の皆さんの耳や尻尾を触ってはいけないとは言われておりませんので……」

何故言い訳がましく話しているんだろうと思いつつ、ドロテアはちらりとヴィンスの顔を見やる。

薄らと細められた黄金の目はどこか意地悪そうだが、それでいてとても優しいので、ドロテアの頬は気恥ずかしさで朱色に染まったのだった。

「……なら今から駄目だ。俺以外の者の耳と尻尾に触れるのは許さん。良いな」

どうしてそんなことを言うのかは分からなかったけれど、あまりに優しい声色で言うものだから、ドロテアはコクリと頷いた。

「っ、かしこまりました」

「ああ、良い子だな、ドロテア」

よしよしと撫でられて、体中がかあっと熱くなってくる。両親にだって、こんなふうに褒められたことはなかった。

ロレンヌは頻繁に褒めてくれていたが、彼女の褒め言葉は軽く流すことが出来たというのに。

「……っ、あの、部屋やドレス等、色々と気遣ってくださってありがとうございます！」

何故かヴィンスに褒められるとムズムズして、頭が上手く働かない。

そんなドロテアが脈絡なしに礼を言うと、ヴィンスは一瞬だけ瞠目してから「当たり前だろう」と小さく笑ってみせた。

「ドロテアは、もう少ししたら俺の妻になるのだから」

「…………っ」

「それに言ったろ。俺は欲しいものは絶対に手に入れる。……だから、早く俺に惚れるようにドロテアに尽くすのは当然だと思うが？」

「～～っ！！」

（このお方は……！　本当にもう……っ）

昨日、求婚されたときからそうだ。ヴィンスはずっと、惜しげなく思いを伝えてくれる。

行動も、言葉も、表情も、声色も、嫌というほど伝わってくるのに、ドロテアは家族から売れ残りだと言われ続けたせいで、心のどこかでまだヴィンスの気持ちを疑ってしまうのだ。

――本当に私のことが好きなの？　と。

「ドロテア、どうした？」

「あっ、いえ。何でもありません」

ボーッとしていたせいか、どうやら心配されてしまったらしい。

ドロテアはヴィンスの真っ直ぐな思いをそのまま受け取れないことに罪悪感を持ったまま、可能な限り綺麗な笑顔を作る。

そして手を振って何もないことを示せば、ヴィンスの大きな手で手首を捕えられていた。

「陛下……？」

「大方、まだ俺の気持ちを信じられていないんだろう？　だが、そのことに関して罪悪感を持っていて苦しんでいる、違うか？」

「……！　そう、です。良くお分かりになりますね……」

驚いた様子のドロテアを見つつ、ヴィンスは摑んだ彼女の手を少しずつ自身の身体に引き寄せていく。

「好きな女の考えていることくらい分かる」

「……っ」

「それに言っただろう？　突然求婚されて、何も思わない方がおかしい。ドロテアの境遇なら尚更な。だからそんなことは気にしなくて良い。今はただ──」

ヴィンスに摑まれたドロテアの手が、彼の髪にさらりと触れる。

そして、ややしっかりとした髪からひょっこりと見える、細やかな毛のふわふわの耳のもとへと誘われていた。

「いくらでも、好きなように触ると良い」

「えっ、本当に？　本当に良いのですか？」

「構わん」

現金と言われてもいい。可愛いものの前では罪悪感など不要である。それが欲しくて欲しくてたまらなかったものなら、尚更。

「では、失礼します！」

「ああ」

意気込むと、獣耳へと誘ってくれていたヴィンスの手は離れ、もうそこはドロテアの独壇場だ。

溢れ出す興奮を必死に抑えて、先ずは先端に優しく触れる。擽《くすぐ》ったいのか、ピクリと揺れる耳がまた可愛くて堪らない。

「柔らかいです……ああ……ずっと触っていたい……」

「それは良かったな」

「付け根も触っても宜しいですか？」

「ああ、好きにしろ」

付け根には少し長めのふわふわとした毛があり、ドロテアは優しく、それを摘むようにふにふにと触る。

温かくて、柔らかくて、ふわふわとして獣耳に好き勝手触れられるなんて、まさに至福のときとはこのことだろう。

「ふわふわ……もふもふ……可愛い……ああ、もふもふ……たまりません……」

「本当に好きなんだな。……それなら、尾も触るか？」

「良いのですか……!?」

ヴィンスは少し斜めに体をずらし、ドロテアに尻尾を向ける。

真っ直ぐに生えた凛々しい尻尾だが、ふわふわとした毛を纏っているからか、なんとも可愛らしく、ドロテアは失礼しますとだけ告げると、直ぐ様両手でもふもふし始めた。

「お、お耳とは段違いのもふもふ、ふわふわです……！　お耳のピクピクとした動きと繊細な毛も捨てがたいですが、ふんわりとしたこの尻尾……！　ずっと触っていたいです……ああ、幸せです……」

まるでお日様のもとで干した布団に触れるような幸福感、いや、それ以上の多幸感にドロテアは恍惚とした表情を浮かべる。

しかし、近くから聞こえる喉をくつくつと震わせる音に気が付いたドロテアは、窺うようにちらりとヴィンスへ視線を寄越した。

「いや、済まん。あまりに一生懸命触るから、ついな」

「わっ、私ったら夢中で……！　申し訳ありません……！　それと、ありがとうございます……！」

流石にやり過ぎてしまったと、ドロテアがヴィンスの尻尾から手を離すと、再びその手は彼に捕

われた。

今度は手首ではなく、手のひら同士がふに、とくっつくようにしっかりと、それは触れ合った。

「謝罪も礼もいらん。それに、もっと触ってても構わない」

「えっ」

「──その代わり、ヴィンスと。名前で呼べ、ドロテア」

「〜〜っ!?」

ヴィンスの、トパーズを埋め込んだような瞳にはどこか切なさが滲む。

命令口調なのに、どこか懇願するように言われたら、そんなの。

「ヴィンス、様……」

「ああ、何だドロテア」

蠱惑的な表情と、少年のような嬉しそうな表情が入り交じるヴィンス。

尻尾が揺れていることからも、一つだけ確かなことは名前を呼ばれて喜んでいるということだ。

──名前で呼んだだけ。それだけなのに、こうも嬉しそうな反応をされては、胸の奥がきゅうっと疼く。

それなのに、自身の中で再びヴィンスに対する疑いの心が邪魔をするのが、ドロテアは嫌で仕方がなかった。

(このお方を信じたい……疑ったりせずに、ヴィンス様の愛を受け入れたい)

ヴィンスから好かれていることを信じたいのに信じられないのは、決してドロテアだけのせいではない。

家族から売れ残りだと言われ続け、自身が異性から恋愛対象として求められることはないのだと、思い込んでしまったこと。そして、サフィール王国の独自の教えの弊害によるところが大きい。

しかしこれを、根本的に、かつ直ぐに解決するのは至難の業だろう。

(どうしたら良いだろう。どうしたら、ヴィンス様のことを信じられるように……あっ、そうだわ！)

そこで、ドロテアは思考を巡らせてとある答えに辿り着く。

力強い瞳でヴィンスを見つめると、あの、と話し始めた。

「私は貴方様のお気持ちをまだ信じきれていません。……ヴィンス様が良くても、私はそれが嫌なのです。ですから、ヴィンス様のお気持ちを心の底から信じられるように……一つ頼みを聞いていただけませんでしょうか？」

「それは願ってもないことだが、一体何だ？」

ドロテアは、愛情を向けてくれるヴィンスに対して誠実でありたいと願った。

自身の中に根付いた心の傷――疑いの心はすぐに消せなくとも、身分の差は変えられなくとも、出来ることはやりたいと思ったのだ。

「ヴィンス様のことをもっとちゃんと知れば……私は貴方様の気持ちを本当に信じられるかもしれ

ません！　ですから、お側に置いてほしいのです。けれど私の今の立場は正式な婚約者ですらありません。……ですので、私を侍女としてヴィンス様のお側で仕えさせていただけませんか……!?」

第七話 ✦ ただの侍女……ではございません!?

『良いだろう。侍女として、側で俺を見極めるといい。……どれだけ俺が、ドロテアのことを本気で愛しているか』

――そう、ヴィンスに言われてから三日後の現在。

ドロテアは、机に置かれた書類を目にも留まらぬ速さで処理していた。

「もはや侍女ではなく文官では……!?」

瞬く間に溜まった書類を正確に処理していくドロテアの様子に、目をキラキラさせながらそう言ったのはラビンである。

執務室の一番奥。ヴィンスの席の隣に即席で作ってもらったドロテアの机の上に積み上げられていた書類は、いつの間にやら処理と仕分けを終え、ヴィンスの前へと置かれていたのだった。

「ヴィンス様、書類関係の仕事は一旦終わりましたので、今からお茶を入れてまいります。それと、午後からお調べになるとおっしゃっていた本についてですが、今朝のうちに必要事項を纏めておきましたので、またお持ちしますね」

「ああ、ありがとう、ドロテア。本当に優秀だな」

「いえ、私はただの侍女でございます」

用件を告げると、軽く頭を下げて執務室から出て行くドロテア。

そんなドロテアを信じられないような目で追いかけるのは、何もラビンだけではなかった。

「「「あれでただの侍女なわけないだろ!?」」」

猫、犬、虎に鼠などの獣人の文官たちが一同に叫んだのは、ドロテアの仕事ぶりに対する率直な感想だった。

ラビンも激しく首を縦に振って同意すると、ヴィンスは手を止めて文官たちにちらりと視線を寄越す。

「だから言ったろ、優秀過ぎるって。まあ、俺も直に目にして驚いたが……ちょっと頭が良いなんて次元は完全に逸脱しているな」

驚いてはいるが、どこか楽しそうに話すヴィンス。

そんな彼を横目に、ラビンはうさぎ特有の長い耳をぴしっと立てて、声を震わせたのだった。

「もしかしたら、いえ、もしかしなくとも彼女は、私たち文官の救世主なのでは……!!」

――話は二日前に遡る。

それは、ドロテアがヴィンス付きの侍女として働き始めた初日のことだった。

まずドロテアは王城内を把握するために、その日はヴィンスに許可を取ってナッツに城内を案内してもらっていた。広大な王城内を回り切るのは一日かかったものの、ドロテアは持ち前の頭の良さで、一度で殆どの場所を覚えた。

流石に王城に勤める獣人たちを一度で覚えるのは無理だったので、ロレンヌの侍女だったときに使っていた手帳と羽根ペンでメモを取りつつ、その日の夜は今日得たことを復習して終わりを迎えた。

そして二日目、ドロテアは正式にヴィンスの侍女として仕え始める。

とはいえ、周りの獣人たちからすればドロテアは王の未来の妻なので、いくら優秀かもしれなくても気を遣うなぁ、なんて思っていたのだけれど。

(((侍女だ！　紛うことなきただの侍女だ……！)))

これが、文官たちの概ねの感想であった。

というのも、ドロテアはいくらヴィンスから許可を得ているとしても、自身の立場でヴィンスの側に仕えては、周りの家臣たちにプレッシャーを与えてしまう可能性を予期していた。

だから、ナッツが楽しそうにドレスを選ぶのに水を差して、彼女と同じお仕着せを用意してもらったのだ。

執務室では出来るだけ気配を消し、ヴィンスの身の回りのサポートに徹したのも、家臣たちに可能な限りプレッシャーを与えたくない、邪魔になりたくないという思いからだった。

――の、だけれど。

それは同日の午後。ドロテアがただの侍女に徹しながらヴィンスのことを観察していたときのこと。

偶然視界に入ったヴィンスの手元にある書類の小さなミスを、ドロテアは見つけてしまったのである。

『失礼ながらヴィンス様、サフィール王国への納品書の三段落目の数ですが、おそらく間違っております』

『……！　良く気づいたな』

主人のミスをカバーするのも侍女の務め。これくらいの発言ならば許されるだろうと口にしたものの、ヴィンスが驚いた直後に楽しそうに口角を上げる姿に、何故かドロテアの背筋はゾクリと震えた。

『ドロテア、お前そろそろ限界だろう』

『と、言いますと』

『母国とは違った文化、特産物、他国との貿易の情報——この執務室にはそれが溢れているからな。知的好奇心の塊のお前が、我慢出来るはずがない』

『うっ…………』

そう、実際ドロテアは我慢していた。ここは新たな知識の宝庫だというのに、ヴィンスの後ろに控えているだけでは物足りなかったのだ。

しかしドロテアは未だに、自身の能力が桁違いに優れているということを自覚していない。

それに、一応まだ婚約者未満の間柄の自分が他国の情勢を教えてもらえるとは思わなかったし、知ることも嫌がられると思って言えなかった、のだけれど。

『俺が許可する。……好きなだけこの国の知識を身に付ければ良い。分からないところは俺が教えてやろう』

『よ、宜しいのですか……!?』

知的好奇心を抑えきれなかったドロテアは最低限の獣人国ならではの事情をヴィンスに教えてもらうと、直ぐ様それを自身の手帳にメモし、脳内にインプットをした。

それから過去の資料などを確認しながら、いくつかヴィンスに任せられた書類を処理すると、その正確さと速さにヴィンスや周りの文官たちは驚かされたものだ。

そんな彼らをよそに、ドロテアの表情は頗《すこぶ》る明るい。仕事というよりは趣味の勉強をさせてもらっている、新たな知識が手に入る機会を与えてもらっているという感覚だったので、幸福でしかなかったのである。

『もっと沢山のことが知りたいです！　私にできることであれば、何でもさせてください……！』

――そうして、話は現在に戻る。

ヴィンスや文官たちから割り当てられた大量の書類を捌いたドロテアは、城の北側にある厨房へと足を進めていた。

（ヴィンス様だけでなく、文官の皆さんにも沢山お世話になったから、お茶を準備するくらいは良いわよね）

出しゃばり過ぎかとも思ったが、お茶を飲む程度の休憩を挟んだ方が効率は良いだろう。皆の好みを知らないため、茶葉をいくつか用意するのが最善だろうか。

そんなふうに考えながら歩いていたドロテアだったが、背後からタタタッと聞こえる足音におもむろに振り返った。

「こんにちは……！　お義姉様……!!」

「姫様……！　……………お義姉様!?」

ディアナにいきなり『お義姉様』と呼ばれるなんて思わず、ドロテアはやや吊り上がった目を見開くと、素早く否定を口にした。

「姫様、私はヴィンス様の配偶者どころか、正式な婚約者でもございません。そのような呼び方は――」

「ええ、それは分かっています。けれど……お兄様ってね、今まで何十もの縁談を一切迷わずに断ってきましたの。そんなお兄様があんなふうに妻にすると言ったのなら……もうお義姉様に逃げ道はないと思いますわ」

（に、逃げ道……）

まるでそこに花が咲いたかのような美少女から飛び出す言葉にしてはやや過激だが、ドロテアはそれを指摘することはなかった。

「ね？　だからお義姉様と呼ばせてほしいのです。私のことは是非ディアナと！」

「ディ、ディアナ様……？」

「はい！　何でしょうお義姉様っ！」

（か、可愛い～～！！！）

男だったら確実に惚れていただろう。可愛いもの全般に目がないドロテアは、ディアナの小首を傾げる仕草の破壊力に心臓がぎゅん！　と音を立てた。

それに、ドロテアがディアナのあまりの可愛さに悶絶しそうになったのは彼女の仕草だけではなかった。

「ディアナ様……大変お似合いなのですが、どうして城内で帽子を被っていらっしゃるかお聞きしても……？」

先日、謝罪に来た時にお詫びの品としてドロテアが持ってきた帽子を被っているディアナは「うふふっ」と嬉しそうに笑みを零す。

そして、ディアナはその場でくるりと回ると、白い歯を見せるように無邪気に笑ってみせた。

「とーっても気に入ってしまって、つい毎日城内でも身に着けてしまうのですわ！」

「うっ……」

「お義姉様？　どうされたのですか？」

「申し訳ありません、……ディアナ様のあまりの可愛さに心臓が潰れるかと思いました……」

ドロテアとしてはそれくらい本気で心臓を鷲掴みにされた気分なのだが、「お義姉様ったら面白いですわ〜」と穏やかに笑っているディアナは、どうやら自身の可愛さに気付いていないらしい。

ディアナに惚れた人は大変だろうなとドロテアが思っていると、そんなディアナはやや眉尻を下げて、ぽつりと呟いた。

「けれど、もし叶うなら、あの人にも可愛いって言ってもらいたいです……」

「え……」

(ディアナ様、もしかして好きなお方が……？　あ、そういえば帽子を差し上げたとき、一番に見せに行っていたのって……)

確か——と頭にその人物を思い浮かべると、それを遮るように「ドロテア」と耳に響くような良い声で名前を呼ばれたドロテアは、くるりと振り向いた。

「ヴィンス様。どうしてこちらに？」

「お前のことだから全員分の茶を準備するだろうと思ってな。大変だろうから手伝いに来た」

「……！　どうして考えていることが分かるのですか……？」

「きゃ——！　愛だわ……！」なんて騒ぐディアナを他所に、ドロテアは本気の声色でヴィンスに問いかける。

侍女として、主人に気を遣わせるようでは半人前だと思っていたため、是が非でもその理由を聞きたかったのである。

「簡単な話だ。ドロテアが侍女として俺を見ているように、俺もお前のことを側で見ているから。だからドロテアの表情の変化や思考を読むのは案外簡単だった」

「………っ」

つまりは、それほどに見られていたということ。

(聞かなければ良かった……！)

みるみるうちに顔が赤くなっていくのが分かるドロテアは、俯きながら「そうなのですね……」とポツポツと返すことで精一杯だった。

「邪魔者は退散しますわ～！　ごきげんよう」と言って颯爽と駆けていくディアナに対して、内心で行かないで！　と思うだけでろくな挨拶もできず、ドロテアが黒目をキョロキョロと泳がせていると。

「まあ、手伝いというのは建前なんだが」

「はい……？」

ぐいと腰を折り整った顔のヴィンスが、口元に弧を描いて覗き込んでくる。

突然のことにドロテアの体がピクッと小さく跳ねると、愉快そうに「ふっ」と笑みを零したのはヴィンスだった。

「本当はこれを伝えたかった。――ドロテアのお陰で皆、今日は早く仕事が終わると喜んでいる。

中にはお前を救世主だと呼ぶ者もいるな。……それに俺も、とても助かった。ありがとう、ドロテア」

「……っ、い、いえ、私は……そんな……お礼を言うのは、私の方でして……」

「ははっ。知識を学べたからだろう？　お前は本当に面白くて、良い女だな」

珍しくくしゃりと笑ったヴィンス。そんな彼に大きな手でよしよしと頭を撫でられて、ドロテアはこの上なく恥ずかしいのに、何故か形容し難いほどの幸福感に包まれた。

（私の知識って、本当に皆さんの、ヴィンス様のお役に立てるんだ……）

ロレンヌにも褒められていた筈なのに、やっぱりヴィンスに言われると、それは特別なものへと変わる。

認められた嬉しさと、自信が湧いてきたせいだろうか。ぽわぽわと胸の辺りが温かくなり、ずっと味わっていたいような感覚だ。

（それに、陛下という立場なのに、わざわざ伝えに来てくださるだなんて）

ドロテアは、どうしてもこの言葉を伝えたくなって、ゆっくりと顔を上げる。薄らと目を細め、頬を綻ばせるようにして笑みを浮かべたのだった。

「ヴィンス様、こちらこそありがとうございます……！　私、これからも皆さんの……ヴィンス様のお役に立ちたいです……！」

「……っ」

ヴィンスの黒い耳が、僅かにピクリと動く。

そんなヴィンスは自身の口元を手で隠すと、窓から見える景色へと、そろりと視線を移したのだった。

「不意打ちはやめろ……」

「はい？」

「――いや、何でもない」

獣人ではないドロテアにはヴィンスの呟きは聞こえなかったけれど、表情からして不快にさせたわけではないのだろう。

ほんのりと赤くなった彼の耳を見て単純に、耳が可愛い!!　という思考に染まったドロテアに、ヴィンスは咳払いをしてから話を切り出した。

「そういえばさっきディアナを見たときから、一つ聞きたいことがあったんだが」

「……？　はい、何でございましょう」

「催促しているわけではないことだけは念頭に置け」

「……は、はい」

前置きされるので何かと思ったが、次のヴィンスの言葉は、至極当たり前の疑問だった。

「先日のお前の妹の件、ディアナには帽子があったが、俺への謝罪の品は準備していなかったのか？」

「あっ、そのことなのですが――」


その日の夜。いつもならばまだ多くの家臣たちが机に向かっている時間のはずが、今日の執務室はガラリとしていた。

その理由は昼間のドロテアの活躍に他ならず、今日はいったい何人に感謝されただろう。ヴィンスと共に夕食を摂れたのも、ドロテアが数多くの書類を捌いたおかげである。

そんな中で、ドロテアは夕食後、一旦自室に戻るとあるものを腕に抱えて、再び廊下へと繰り出していた。

目的の部屋の扉をノックすれば、出迎えてくれる人物に深々と頭を下げた。

「ヴィンス様お待たせしました……こちらが謝罪の品のワインです。渡すのが遅くなってしまい大変申し訳ありませんでした」

「俺は催促するために聞いたわけではないと言ったろ」

実はドロテアは、事前にヴィンスが大のワイン好きであることを調べ上げていた。そのため、懐が寂しい中でも出来る限り上等なものを用意したのだが、突然の求婚により気が動転して渡すタイミングを無くしてしまっていたのだ。

だから、日中にこの話が出たので夕食後にワインを持ってきたのだが――。

「まあ良い。とりあえず入れ。せっかくだから一緒に飲むぞ」

「えっ、一緒にですか？」

（正式な婚約者でもないのに、夜に密室で二人きりは……）

扉を開けたまま悩む様子のドロテアに、ヴィンスはもしや、と問いかけた。

「酒が飲めないか？」

「いえ、お酒は物凄く好きなのですが……」

「なら何を渋って――……………」

そろりと、ドロテアが斜め下へと視線を落とした。

頬を赤く染め、眉尻を少し下げたドロテアの表情は酷く扇情的だ。

ヴィンスはなるほどと察すると、ドロテアの頬をぷにっと摑む。

ドロテアは「ぶえっ」と素っ頓狂な声を漏らしながら、頭一つ分以上は優に高いヴィンスの顔を見上げた。

「出会って数日で、まだ正式な婚約者でもないんだ。絶対に襲わないと約束するから安心しろ」

「お、おそ、おそ……っ!?」

「何だ？　違うのか？　……ああ、もしかして――」

（いや、そうですけど！　言い方の問題です……！）

動揺からか、何やら胸の前で変な動きをしているドロテアの手に、ヴィンスはゆっくりと触れる。

一本一本丁寧に指を絡めながら顔を近付ければ、ドロテアの顔は熟した苺のように色付いた。

「少し期待していたか？　手を出しても良いなら、いつでも出すが」

「……っ、ち、違います今日は失礼いたしますおやすみなさいませ……!!」

一息でそう言い切ったドロテアは、深く頭を下げてから脱兎の如く廊下を駆けて行く。

淑女としてあるまじき行動ではあったが、致し方ないだろう。暗闇が月夜の光に照らされている雰囲気もあってか、ヴィンスの蠱惑的な声色や表情に、ついうっかり頷いてしまいそうになったのだから。

（で、でもヴィンス様と結婚したら本当にあんなことやこんなことを……!?）

結婚に憧れを持っていたドロテアは、貴族教育として受けた、営みの授業についてもそりゃあもう熱心に学んだものだ。

貴族令嬢は夫の子供を産むことを一番に求められる事が多いため、もしもの将来のために覚えなければと、当時は意気込んでいたのだけれど。

（っ、無理!!　行為中に緊張で息が止まる自信しかないわ……!!）

――バタン！

部屋に入ると、激しい音を立てて扉を閉める。そのまま扉の前でずるずると座り込んだドロテアの顔は、暗闇でも分かってしまいそうな程に赤い。

「ハァ……しっかりしなさい私……」

明日の朝も早い。侍女として、ヴィンスよりも早く起きて色々と整えておかなければいけないのだから。

ドロテアは少しだけ冷静さを取り戻すと、呼吸を整えて着替えを始める。……のだけれど、気付かない方が良かったことに気付いてしまうのは、ドロテアの優秀さ故だろうか。

「あっ……さっき、扉開いて……ってことは、あの会話は……全員に……！！！」

「なんてこと……！」と悶絶するドロテア。

明日、周りから生暖かい目を向けられるのは想像するに難くなかった。

獣人国に来てからちょうど一週間が経った頃。

ドロテアは相変わらずヴィンスの侍女として過ごしながら、少しずつ彼のことを知っていった。

悩み事があると少し尻尾が下がるところや、本当にときおりくしゃりと笑う顔が、少し幼く見えること。ラビンには少し口調が強いところや、他にも沢山のこと。

「ドロテア様、お手紙が届いています」

「あら、私に？」

正午過ぎ。朝から働き詰めだったからか、ヴィンスに「休憩しろ」と念押しされたドロテアは、自室で読書をしていた。彼女にとって読書は知識を得る手段であるため、つまり趣味――休憩なのである。

「ありがとう、ナッツ」

ヴィンスの侍女として働いているため、ナッツがドロテアの世話をできる時間はそう多くない。

そのため、今のように部屋でドロテアのために働けることが嬉しいナッツは、無意識にブンブンと尻尾を揺らしていた。

その様子をドロテアはとろんとした目で見つめてしまう。

「可愛過ぎるわ……。ナッツの尻尾触りたい……」

「ど、どうぞ構いませんよ？」

「それがだめなのよ……！　ああ、そこに可愛いが存在するのに……!!」

本音はさておき。誘惑に負けそうになりつつも、ヴィンスとの約束があるため、ドロテアは首を振ることで煩悩を何処かにやる。

それから上質な手紙の鼻を掠めるその香りから人物の特定は出来たものの、一応裏側を見て、差出人を確認すると。

（やはり、ロレンヌ様から……）

サフィール王国では封筒や便箋に香りがついている物が流行っている。

ロレンヌも随分気に入っていたことを覚えていたドロテアは、やや懐かしみながら、封を開いて中身を見る。

（………………ロレンヌ様、なんてお優しいの）

手紙の中身は、ドロテアの身を案じる内容のものばかりだった。

尻拭いの条件としての婚姻ならば、酷い目にあっていないか、ドロテアも望んだ婚約なのか、もし望んだのであったなら幸せになって欲しい、と。

侍女を突然辞めることに対しても、気にしなくても良いからと、いざというときは戻っておいで、歓迎するからとも。

ドロテアを責めるようなことは一切書かれておらず、慈愛に満ち溢れていた。

（これ以上心配をかけないよう、私は十分幸せだとお伝えしないと）

以前の手紙でもロレンヌに心配をかけさせまいと言葉を選んだつもりだったが、やはり求婚された当日ということもあって不安が滲んでいたのかもしれない。

だから、もう一度手紙を書こう。可愛くて優しいメイドをつけてもらい、文官たちからは様々なことを学ばせてもらい、ディアナも頻繁に話しに来てくれて、ヴィンスからは、惜しげもなく愛をもらっているから大丈夫だと、幸せだと。

（……っ、文字にするのは、何だか恥ずかしいわね）

けれど、ヴィンスが愛してくれていることは事実だと、ドロテア自身が思うのだ。あとはドロテアがその愛を受け入れるだけなのだが、彼女の境遇からするとそれはそう簡単にはいかないだけで。

（……けど、私の趣味だと思っていた勉強が、それで得た知識が、少しだけ頭が良い程度じゃないってことは、ヴィンス様や皆さんの反応で少しずつ分かってきたわ）

これは、ドロテアにとって大きな自信になる。連日の残業から解放されて喜ぶ文官たちの顔を思い浮かべて、ドロテアは「ふふっ」と息を漏らした。

「ドロテア様？　何か嬉しいことでも書いてありましたか？」

「まあ、そんなところね」

それからドロテアはナッツに便箋や封筒を用意してもらうよう頼むと、ロレンヌの手紙の一文に目を向けながら、一人になった部屋でポツリと呟いた。

「正式な婚約者になったら、サフィール王国の建国祭には出席できるのか、か……」

同盟国になって以来、獣人国からは毎年誰かが建国祭に出席している。王であるヴィンスに婚約者が出来たともなれば、今後のことも考えてヴィンスとドロテアが出席する可能性は比較的高いが。

「まあ、これは私が決めることではないしね……婚約誓約書も、いつ返信が来るか分からないし」

ローテーブルにバサリと手紙を置いたドロテアは、先程ナッツが入れてくれた紅茶の残りをゴクリと飲み干す。

コンコンというノックの音にナッツだと思い、何気なく「どうぞ」と返事すれば、振り返ったときに見えた美しい漆黒に、「えっ」と声を漏らした。

「ドロテア。突然で悪いが、今からデートに行くぞ」

「デート……!?」

第八話 ✦ さあ、デートをしよう！

ヴィンスにデートに誘われてから、まるでタイミングを読んだかのように部屋に入ってきたナッツは流石というべきだろうか。

ちょうど良い、と零したヴィンスが「デートをするから準備を頼む」とだけ告げて部屋を出ていくと、ナッツは何故かいつもよりも頰を膨らませ、興奮した様子で駆け寄って来たのだった。

「そういうことでしたら、ドロテア様をいつも以上に可愛くしなくては!!」

「ナッツ！　待ってナッツ……!!　尻尾が揺れ過ぎて風がすごっ……！　けど可愛い尻尾が揺れた風ならだいかん、げい……ゴホゴホッ!!」

ナッツの目の前にいるドロテアに届くほどの風は、もはや災害レベルである。

しかしナッツの可愛さに目が眩んでいるドロテアは、まあ、いっかという結論に至り、その後落ち着いたナッツの手によって、あれよあれよと変化させられていくのだった。

そうして一時間後、鏡に映った自身の姿に、ドロテアは目を見開いた。

「な、ナッツ……これは私なの……？」

「はい！　ドロテア様でございます!!　普段も素敵ですが、今日はいつもの数倍……いえ！　百倍素敵に仕上げました……!!」

ウェーブのかかった髪の毛は編み込んでアップスタイルにし、ヴィンスの瞳と同じ黄金色のリボンで束ねている。

つり目の目元には淡いピンクのアイシャドウを入れてぼかし、ほんのりと甘い雰囲気に。薄い唇も、何だかぷっくりしている。

（凄い……自分じゃないみたいだわ……）

ヴィンスから街に行くと聞かされていたため、服装はドレスではなく、獣人国独特のセパレートタイプのものだ。襟元に繊細なレースが施されている清楚な白のブラウスに、ところどころレースがあしらわれている、足首までのスカイブルーのスカート。

くるぶしの辺りまである編み上げのブーツを履けば、上品な町娘の完成だった。

「ありがとうナッツ。私、人にお化粧するのは得意なんだけど、自分にするのは苦手で。それにセパレートの服《この服》、ずっと、着てみたかったの」

「ドロテア様に快適に、そして幸せに過ごしていただくために私がいるのですから、当然です！　ドロテア様、どうか陛下とのデート楽しんでくださいね!!」

首をこてん、と傾げてそんなふうに言ってくれるナッツに、ドロテアは口元を押さえると「あ、りが、とう……！　可愛い……！」と漏らしてから、王城の正門へと向かう。

事前に他のメイドに待ち合わせ時間と場所をヴィンスに通達するよう伝えてあったので、問題なく会えるはずなのに、ドロテアの足取りはどこか忙しなかった。

「あっ、ヴィンス様……。……!!」

するとと、正門の前には壁にもたれ掛かって腕組みをするヴィンスの姿があった。……のだけれど、その姿にドロテアは一瞬息が止まりそうになった。

街へ出るためのラフな装いだからだろうか。普段は閉じている首元が開かれ、ヴィンスの色気を孕んだ鎖骨がちらりと覗いているからである。

「ドロテア、急に悪かったな」

「…………あ、あ」

「ドロテア？　どうかしたか？　顔が赤いが」

固まるドロテアに、少しずつ近付くヴィンス。

ドロテアは可愛いもの好きで、決して鎖骨フェチではないのだけれど、男性の鎖骨——それもヴィンスほどの美形の美しい鎖骨など見る機会がなかったので、つい食い入るように見つめてしまっていた。

するとヴィンスは、ドロテアの視線から大方のことを察したのか「フッ」と小さく笑うと、ドロテアの耳元に唇を寄せた。

「耳と尻尾以外にも、全身どこでも触っても良いという条件に変えてやろうか」

「……っ、け、結構ですわ……！」

「ははっ、そうか。それは残念」

耳まで真っ赤にしているドロテアに対し、余裕綽々《しゃくしゃく》の笑みでそう言ったヴィンスは、ドロテアの耳元に顔を寄せたまま、ちらりと横目で彼女を見る。

化粧をしていようがしていまいが、どんな服を着ていようが、ドロテアならばどんな姿でも美しく愛おしいことに変わりはない。けれど、これは。

「今日の服、良く似合っている。髪も化粧も、可愛いな」

「……っ、ナッツが頑張ってくれましたので」

「なるほど。だが、それも全て元が良いからだろ」

「〜〜っ!! と、とりあえず参りましょう！　ここで立ち話をしていては、日が暮れてしまいます」

そう言って歩いていくドロテアの手を、ヴィンスは素早く掴む。

「これはデートなんだ。一人で行くな」

「……っ」

一般女性に比べると大きなドロテアの手が、ヴィンスの節ばった大きな手によってすっぽりと包み込まれる。

ドロテアはピクリと体を震わせると、薄らと細めた楽しそうな目でこちらを見てくるヴィンスに、おずおずと問いかけた。

「な、何故手を……？」

「デートなんだから当然だろ」

「では、どうして急にデートに誘っていただけたのでしょう……？」

「端的に言えば、ドロテアが実務を手伝ってくれるのと、適度に休憩を入れてくれる配慮のお陰で仕事が早く終わるようになって、時間ができたからだ」

（なるほど。もしかしたら、気分転換のために連れ出してくれたのかしら）

デートだからと多少身体を強張らせていたドロテアだったが、おそらく優しいヴィンスの気遣いなのだろうと察した。

最近城内に引きこもってばかりだったのでそうに違いない。そう考えると、手を繋がれてもそれほど過剰に緊張せずに済むというもの。

「侍女として、当然のことをしたまでです。けれど」

——自分の能力をもう少し認めても良いのかもしれない。

そう思わせてくれたヴィンスに、ドロテアはゆっくりと口を開いた。

「嬉しいです。私の知識がお役に立てるのなら、いくらでもお手伝いいたします」

今までドロテアは家族に、少し頭が良い程度と言われ続けてきた。

売れ残りなのだから、せめてその頭を使ってシェリーや両親の尻拭いをするよう半ば強要されても、民や国のことを思って我慢してきた。

正義感が強く、優しいドロテアとはいえ、何も好き好んで貧乏くじを引いてきたわけではなかったというのに。

「……ああ、頼りにしている」

けれど、ヴィンスとの出会いが、彼の言葉が、ドロテアに自信を与えたのだ。

——当時は自分の知識の凄さに気づいていなかったドロテアだったが、今ならば、ロレンヌの感謝の言葉も素直に受け入れられるかもしれない。

今度国に戻るときには、今まで能力を認めてくれたのに素直に受け止められなくて申し訳なかったと、ありがとうと伝えよう。

ドロテアはそんなことを思いながら、これ以上ないくらいに晴れやかな気持ちでヴィンスの隣を歩いていたのだけれど。

「……今、俺以外のことを考えているだろう」

「えっ」

その瞬間、包み込まれていた大きな手が、指を絡ませるようにして形を変える。

そのままヴィンスの空いている方の手で腰を引き寄せられたドロテアは至近距離で見つめ合う形となり、体勢も、そして野外ということもあって、自然と頬が真っ赤に染まったのだった。

まるで今にでもキスをしようとしているのかと思わせるその距離に、ドロテアは震えた声で彼の名を呼んだ。

「ヴィンス様……っ、お戯れは……っ」

「妬けるな……俺とのデートの時間に余所事を考えているなど。時間ができたからデートに誘ったと言ったが、それだけなわけないだろう？」

「は、はい？」

動揺するドロテアに対して、ヴィンスはゆっくりと顔を近付けていく。

自身に釘付けになっているドロテアにニッと口角を上げたヴィンスは、そのまま恍惚とした表情で、彼女の鼻を優しく、かぷ、と甘噛みしたのだった。

「……!?」

「このデートは俺に惚れてもらうためのものだ。俺がドロテアをどれだけ愛しているか分からせてやるから、ずっと俺のことだけ考えていろ」

「…………っ」

（そんふうに言われて、鼻に甘噛み《こんなこと》までされたら……！」

狼の鼻への接触や甘噛みは、求愛行動である。そのことを知っていたドロテアは、この知識だけは知らないほうが良かったかもしれないと後悔した。

――だってもう、頭の中がヴィンス様のことで一杯で、困る。

聖女の妹の尻拭いを仰せつかった、ただの侍女でございます

~謝罪先の獣人国で何故か冷酷黒狼陛下に見初められました!?~

1

櫻田りん

イラスト 氷堂れん

初回版限定
封入
購入者特典

特別書き下ろし。

ナッツ先生の獣人講座①

※『聖女の妹の尻拭いを仰せつかった、ただの侍女でございます～謝罪先の獣人国で何故か冷酷黒狼陛下に見初められました!?～ ①』をお読みになったあとにご覧ください。

EARTH STAR
LUNA

「ただいまから獣人講座を始めます！　ドロテア様、しっかりと聞いていてくださいね！」

「ええ。ナッツ、よろ……じゃない、ナッツ先生、よろしくお願いします！」

ドロテアの部屋で突然始まったナッツの獣人講座。

それは数日前、ドロテアが何気なしに言った、「獣人たちのことをもっと詳しく知りたいわね」という言葉が原因だった。

――『ドロテア様！　それでしたらそのお役目、私にお任せください……！』

そう、尻尾をぶんぶんと激しく振り回して意気込んだナッツの勢いに押され、ドロテアはナッツの――いや、ナッツ先生の獣人講座を受けることになったのだけれど。

「それではまず、獣人国の歴史からまいりましょ～！」

「はい、ナッツ先生！」

「獣人国が出来たのは、今から――……」

「…………」

ナッツが話す内容は至って真面目なものだというのに、ドロテアはあまり集中できないでいた。獣人国の歴史の話はとても面白いのだが、それ以上に気になるところが満載だったからだ。

（ナッツ……！　貴女ってどうしてそんなに可愛いの……！　可愛過ぎて集中出来ないわ……！）

ナッツの後ろには板書するためのボード、そして片手にはペンを持ち、ボードに筆を滑らせたりドロテアの方を振り返ったりするたびに、大きな尻尾がふわりふわりと揺れる。

それだけでもとんでもなく可愛いというのに、ナッツと来たら、いつもはしていないメガネを掛けているものだから――。

（ナッツ、メガネを掛けることで先生らしさを強調しようとしているのね……！　そういうところも堪らなく可愛くて、話が耳に入ってこない……！）

しかし、きちんと話を聞かなければ、せっかく講座を開いてくれたナッツに悪い。

そのため、ドロテアはカッと目を見開くと、ナッツの獣人講座に集中しようとした、のだが。

「ドロテア様！　次は狼の獣人――つまり、陛下の特徴となるものをお話しますね！」

「ええ」

満面の笑みを浮かべるナッツの次の言葉に、ドロテアはまた冷静さを欠くことになるのだった。

「狼の獣人の求愛行動の一つには、相手の鼻を甘噛みするというものがあるのですが、実はもう一段回上の求愛行動があるのです！　――それは、相手の全身を舐め回す、というものなので――」

「ゴホッ……!!　ゴホゴホッ……!!」

獣人――否、狼の獣人について、ドロテアはレザナードに来てからより詳しく調べた。

好奇心はもちろんのこと、将来ヴィンスの妻になる身として、調べておいたほうが良いだろうと考えたのだ。

しかし、その時には狼の獣人の求愛行動に、全身を舐め回すなんてものはなかったはずなのに。

「ちょ、ちょっと待ってナッツ……！　それは本当なの……!?」

頭や頬を撫でられたり、手を繋がれたり、鼻への甘噛みや耳へのキスをされたり。

それらだけでもいっぱいいっぱいだというのに、もしもヴィンスに全身を舐められたりしたら――。

（そもそも全身を舐め回すって何……!?　もしかして裸で……!?　いやいやいやいや……！　流石にそれは……っ！）

もはやそれは、夜の営みよりもレベルが高いのではないか。

一般的な夜の営みがどんなものなのかということは大方頭に入っているドロテアは頭の片隅でそんな考えも持ちながら、ナッツの言葉に耳を傾けた。

「えっとですね！　同僚の誰かから聞いたので、本当なのかなと思っています……！」

「つまり確実ではないのね!?」

ここは大事なところだ。ドロテアは立ち上がってナッツに詰め寄って問いただすと、彼女はしゅんっ……と眉尻を下げて、大きく頭を下げたのだった。

「そ、そうなんです～！　申し訳ありません～!!　確実ではないことをドロテア様に教えてしまうだなんて、先生失格です……っ!!　今からその同僚に確認しに行って参りますので、少々お待ちください!!　きゅるううううんっ!!」

「ナッツ!?」

大きな尻尾がプロペラのように回り、目にも止まらぬ速さで部屋を出ていったナッツに、ドロテアはあんぐりと口を開けた。

しかし、人間のドロテアではナッツに追い付く術はないので、一旦自身の昂ぶった心臓を落ち着かせようと深呼吸をした、そのとき。

「――ドロテア、ナッツが凄い勢いで出て行ったが、何があったのか」

「ヴィンス様……！」

少し訝しげに部屋に入ってきたヴィンスは、ゆっくりと扉を閉める。

（今さっきまで貴方の求愛行動について話していました、なんて言えないわ……）

だから、ドロテアは適当に話をはぐらかし、今ばかりは退室を願おうと思っていたのだけれど。

「何だあれは」

ヴィンスの視線がボードに向かったことで、ドロテアは自身の願いが叶わないことを悟ったのだった。

「獣人国の歴史に――狼の獣人の求愛行動……」

「あっ、あの、これは……っ」

「鼻を甘噛みするの他に、全身を舐め回すというものがある、か。……まあ、厳密には違うが、近いものはあるな」

（や、やっぱり違うのね！　良かった……！　って、あら!?　なっ、なんだかヴィンス様が悪いお顔になっていらっしゃる……！）

短い付き合いだが、この顔をしているヴィンスには近付かないほうが良い。脳内に警鐘が鳴り響いたドロテアは、数歩後退ったのだけれど。

「ドロテア、良いことを教えてやろうか。狼の獣人の――本物の求愛行動」

「…………！」

いつの間にやらヴィンスに手首を捕われ、彼の腕の中に誘われる。そしてヴィンスは、ドロテアの耳元で吐息混じりに囁いた。

「――全身に優しく噛み付く、だ。いずれ、お前から噛んでほしいと懇願するくらい、快感を叩き込んでやるから覚悟すると良い」

「～～っ!?」


その後ナッツから、全身を舐め回す求愛行動は犬の獣人のものでしたと謝られた。

ドロテアは、まだ犬のほうがマシ……いや、どっちでもヴィンスにされたら心臓が止まると思ったのだった。

頭の中をヴィンスで埋め尽くされて始まったデートだったが、ドロテアの知的好奇心により、思いのほか早く様々なことで上書きされていった。

「ヴィンス様あちらに参りましょう……!! レザナード近海でしか捕れない魚が売っています! ああっ! あちらにはまた珍しいものが……!」

「分かったから落ち着け」

ドロテアは知的好奇心の塊だ。レザナードの大都市『アスマン』は来国時に一度軽く見ているものの、市場の品は日に日に変わるため新たな刺激があるのだろう。

ヴィンスと繋いだ手の恥ずかしさよりも好奇心が勝ったようで、普段の落ち着いた様子とは比べ物にならないはしゃぎようである。

対してヴィンスは、国の内情を知るために良く街を見て回るため、別に新鮮味はなかった。ただ、いつもと同じ街だというのに、今日が今までで一番輝いて見えるのは、まあ、そういうことなのだろう。

ヴィンスは楽しそうにあちこちを見ては知識を手に入れていくドロテアを見ながら、ポツリと呟く。

「……はしゃいでいる姿も、可愛いな」

「はい? 何かおっしゃいましたか?」

「ああ。俺の未来の妻が可愛過ぎて困ると言っただけだ」

「……!?」

特殊な扉の隔たりがない外では、ヴィンスの甘い言葉はその場にいる獣人全員に聞こえたらしい。

ヴィンスは大した変装をしていないが、流石にこんなに堂々と街に王がいるだなんて民たちも誰も思わないらしく「ひゅーひゅー!!」「外でお熱いねー!!」なんてからかう声を掛けられてしまう。

「……っ、こ、ここはもう見ましたから次に！　次に参りましょう!!」

「……ククッ、分かった分かった」

いくら可愛くて仕方がない獣人たちに囲まれているとはいえ、流石にドロテアも恥ずかしさがピークに達したのか、ヴィンスに繋がれた手を引っ張ることで、その場を後にした。

ヴィンスがときおり、周りの男たちに牽制するように鋭い目を向けていることには、気づかなかったけれど。

それから二人は軽食を摂ると、再び街を見て回る。

熊の獣人が子供の獣人たちに紙芝居をしているところや、猿の獣人が大道芸をしているところ、パンダの獣人が人間と手を繋いで歩いているところ。

男性の虎の獣人からは、いきなり花を渡されて驚いたものの、嬉しかったなぁ、なんて。まあ、何故かヴィンスが睨み付けたことで受け取れなかったのだが。

とにかく、そんな何気ない日常を見ていると、ドロテアの心は幸せで溢れていく。

大通りから一本入った道の木陰にある、二人がけのベンチに腰を下ろしたドロテアは、隣のヴィンスに話しかけた。

「本当に、皆穏やかで良い国ですね……」

「ああ、俺たちでこの国を、この幸せを守ってやらないとな」

近い将来、ドロテアはヴィンスの正式な婚約者となり、妻となる。つまりこの国を統べる王の伴侶になるということだ。

（私は、立派な妃になれるかしら。いえ、そうじゃないわね……）

――ドロテアは、なりたいと思った。ヴィンスと共に、この国をより豊かに、そして、ずっとこんなふうに穏やかな国でいられるように、出来る限りのことをしたいと。

「私……頑張ります。ヴィンス様の隣に並んでも恥ずかしくない女性になって、堂々と貴方の妻と名乗れるように」

「ドロテアなら問題ないだろう。……それよりまず、俺の愛を受け取って欲しいんだが？」

「そ、それは……っ」

くつくつと喉を震わせるヴィンスは、おそらくドロテアの反応を見てからかうつもりなのだろう。ヴィンスの声色がいつもより跳ねているのも又、その証拠だった。

けれど反対に、ドロテアの眉尻は僅かに下がっていく。というのも、それがヴィンスの優しさだということに気付いてしまったから。

「あの、ヴィンス様」

「どうした？」

かれこれヴィンスと共に過ごして一週間が経つ。

侍女として、多くの時間をともにしてきたドロテアはヴィンスからの愛情をこれでもかと感じているが、求婚に対しての明確な返事をしたことはなかった。

ヴィンスも、惚れさせるとは言いつつも、ドロテアに答えを求めたりはしなかった。ドロテアが困ってしまうことを予期していたのだろう。

（いつまでも甘えていちゃ、いけないわよね）

ドロテアは太ももの上に置いた手をギュッと握り締めて拳を作ると、おもむろに口を開く。

「今更ですが……私に、求婚してくださったこと、本当にありがとうございました。……とても驚きましたが、本当に……本当に嬉しかったです」

「…………ああ」

「今日のデートもとても楽しくて、その……いろんな知識に触れられたことだったり、獣人の皆さんの姿を見られたこともそうですが、何より」

ドロテアは震えそうになる声で、一生懸命言葉を紡いだ。

「ヴィンス様と一緒に色んなものを見たり、話したり、食べたり……手を繋いだことも、とても幸せだと思いました。……それに、ヴィンス様からの愛は、ちゃんと伝わっています」

「…………！」

「けれど、まだ、自信がなくて。完全にはヴィンス様の想いを受け入れるのは難しいので、もう少しだけ待って――」

くださると……と、続くはずのドロテアの言葉が彼女の口から聞こえてくることはなかった。

ヴィンスの大きな手がずいと伸びてきたと思ったら、突然ドロテアの口元を覆ったからである。

（……!?　私は何か失言を……!?）

瞠目して驚くドロテアは、必死に鼻で呼吸をしながらやや俯いたヴィンスを見やる。

その表情は窺い知ることは出来ないが、耳が小刻みにぴくぴくと動いていることだけは確認できた。その様子に内心可愛い……なんて思っていると、そんなヴィンスは空いている方の手で自身の目の辺りを覆うと、ハァと溜め息を漏らした。

「……不意打ちはやめろと言ったろ」

「……？」

いまいち理解ができず、かと言って聞き返すことも叶わないドロテアが目を素早く瞬かせると、ヴィンスは顔を上げて黄金の瞳で彼女を射貫いた。

「……聞くが、ドロテアの言う自信がないというのは、見た目のことか？」

コクコクと頷くと、「悪い、喋れないな」と言ってヴィンスの手が退けられる。

ほんの少し名残惜しさのようなものを感じたドロテアだったが、まだその感情にしっかりと気付くことはなかった。

「まあ、サフィール王国での、特に家族からの扱いを思えば自信を無くすのは不思議じゃないが――」

いくらドロテアが聡明過ぎて男性に求められなかったとはいえ、彼女がそれを知ったのはつい最近のことだ。ドロテアの心を一番に傷付けているのは見た目に関することだということに、ヴィンスは気付いていた。

「……？」

「今日のお前に対する視線、気づかなかったのか。まあ、気付かないか、俺が牽制していたしな」

「申し訳ありませんヴィンス様。いまいち話が……」

読解力にはそれなりに自信があったドロテアだったが、ヴィンスが何を言わんとしているのかさっぱりだ。

そんなドロテアに、ヴィンスは「あまり言いたくなかったが仕方がない」と低い声色で囁いてから、道の脇に咲いている一輪の花を見つめて話を始めた。

「今日、虎の獣人がお前に花を渡しに来ただろう」

「はい」

「あれは、『可愛い貴方と話すチャンスをください』という意味だ。因みに受け取ったら承諾したと取られるから、俺が邪魔をしたわけだが」

「えっ」と蚊の鳴くような声を漏らしたドロテア。獣人国ならではの風習を知れた喜びよりも、今は驚きの方が勝った。

「か、かわいい？　私がですか？」

「だから求婚のときにも言ったろ。ドロテア、お前は聡明で、可愛らしくて、美しいんだ」

「それに、今日の出発の際にも、デートのときにも俺は伝えているはずだが」と言うヴィンスにじいっと見つめられ、ドロテアの眉尻はこれ以上ないくらいに下がり、頬が赤らんだ。

「俺のドロテアにちょっかいを出そうとするとは……あの虎め……もし睨んでも諦めないようなら手が出るところだった」

「……っ、冗談での行動では……？」

「そんなわけあるか。言っただろう、周りの視線に気付かなかったのか、って。結構な数の野郎共がお前のことを見ていたんだよ、隙あらば声をかけようと思っていたのか、それとも見るだけで十分なのかは知らんがな」

「…………!?」

確かに、今日はナッツのお陰で普段よりも可愛くなった自覚はある。

それでもドロテアはドロテアだ。根本的に変わった部分はなく、それこそつり上がった目が垂れたわけでも、大きくなったわけでも、肩幅が華奢になったわけでも、身長がうんと縮んだわけでもなかった。

聖女と崇められたシェリーとはまるで正反対の顔つきやこの体格に、好意を示されるだなんて、どうしても信じられなかったのだけれど。

「……ここはレザナードで、サフィール王国ではない。お前の妹のような顔つきや体つきが好きな男ばかりじゃないってことだ」

「…………!」

「それに、おそらくサフィール王国にもドロテアの容姿に惹かれた者はいただろう。ただ、ろくでもない教えのせいで、そいつらはお前を避けただけだ。……ドロテア、お前は本当に綺麗なんだ。周りもそう思っていることが少し癪だがな」

ドロテアは昔から妹のシェリーと比べられてきた。誰からも可愛いだなんて、綺麗だなんて言われたことはなかった。

可愛い服を着てもお姉様には似合わないわと言われ、可愛いものが好きだと話したら、自分にないものを求めているのねと嘲笑われたことは記憶に新しい。

だから、レザナードに謝罪に来てヴィンスに美しいと言われたときも、彼の目が悪いのだと思って信じられなかった。自分の見た目に自信が持てなかった、けれど。

「ヴィンス様、私は……」

ヴィンスの言葉が正しいならば、ドロテアの容姿は複数の異性を魅了したことになる。

誠実なヴィンスが、ドロテアを慰めるためだけにそんな嘘を言わないことは、この一週間で理解したし、何より花を渡されそうになったことは事実だった。

それこそ、知的好奇心が強いドロテアを認めてくれているヴィンスのことだ、花を渡されそうになった理由について嘘をつくとも考えづらい。

それに何より、この一週間で少しはヴィンスのことを知れたからだろうか。求婚のときに言われた綺麗よりも、今言われた綺麗という言葉は、酷く胸に響いた。

「本当に、綺麗なのですか？　私は、醜い容姿では、ないのですか……？」

「ああ、ドロテアは誰よりも可憐で美しい」

「華奢ではありませんし、背も高いですが、よろしいのですか……？」

「俺から見れば十分華奢だし、好みの話をすれば俺は背が高い女の方が好きだ。ちょうど、ドロテアくらいのな」

「……っ」

自分から聞いておきながら、こうも当たり前のように答えられると恥ずかしさが頬に浮かぶ。心臓も激しく脈打ち、どうしようもなく全身が熱い。

──けれど、嫌な感覚じゃない。どころか、何かで心が満たされていくような、そんな感覚すらあった。

「……ありがとうございます、ヴィンス様。私、自分の容姿を、今日初めて好きになれました」

照れ気味に微笑んでそう言うと、ヴィンスはふっと小さく笑う。

同時に、道の左側から歩いて来た男性の猫の獣人を視界に捉えたヴィンスはおもむろに立ち上がると、ベンチに腰を下ろしているドロテアの前まで行き彼女を見下ろした。

「ヴィンス様……？　どうされ――」

そのまま大きな両手をドロテアの両サイドの背もたれに掛け、少しずつ肘を曲げて距離を詰める。

キョトンとしていたのに、徐々に緊張して見上げるドロテアの顔。

口角だけを上げて涼しく笑ったヴィンスは、真後ろから聞こえる猫の獣人の足音を聞きながら、そっと彼女の耳に唇を寄せた。

「ドロテアが自信を持つことは嬉しいが……あまり可愛くなりすぎるなよ」

「はいっ……？」

「余計な虫がついても困るんでな」

そう、ヴィンスが呟くと、通りすがりの猫の獣人はドロテアたちからパッと視線を逸らして足早に駆けて行く。

緊張のせいだろうか。ヴィンスの行動が何のためだったか分からなかったドロテアだったが、直後。

一瞬だけ頬に触れた、柔らかくて温かなそれに、全ての意識が奪われてしまったのだった。

その頃、サフィール王国、ランビリス邸にて。

婚約者であるケビンの久々の来訪を待ち侘びていたシェリーは、エントランスまで駆けて行くと、彼に思い切り抱き着いた。

「お待ちしておりましたわケビン様！　もう！　お忙しいとはいえ、とっても寂しかったですわ？」

「…………ああ」

（あら？　何だか様子が変ね？）

いつもならば抱きしめ返してくれるというのに、むしろ拒むように腕を押されたシェリーは内心混乱していた。

（え？　こんなに可愛い私に抱き着かれたのに喜ばないの？　どうして？）

思慮深いとは正反対に位置するシェリーにケビンの感情など分かるはずもなく、きっと照れ隠しよね！　と自分の都合の良いように考えた。

それからシェリーは、ケビンを部屋に案内し、メイドにお茶を準備させる。メイドが下がったところで、シェリーが一番に口にしたのは、建国祭で着るドレスのことだった。

「ケビン様、もう建国祭まで一ヶ月を切ってしまったわ？　私、今回はフリルがたくさーんついた、赤いドレスが良いの！　ふふっ！　楽しみにしていま——」

そのとき、シェリーの言葉を遮ったのは、ケビンが我慢ならないといった様子でテーブルをバン！　と叩いた音だった。

「シェリー!!　君は自分が何をしでかしたかまだ理解していないのか!?」

「えっ………？」

はて、一体。過去の過ちなんてすっかり頭にないシェリーがコテンと小首を傾げると、ケビンは苛立った口調で話し始めた。

「レザナード国王陛下から父に向けて書簡が届いてな……！　ドロテア嬢が獣人国の王に嫁ぐことになったのは、シェリーが問題を起こし、その尻拭いをドロテア嬢に押し付けたことがきっかけだと書いてあった。二人の結婚を邪魔するようなら同盟を解くとも！　君は何をやってるんだ!!」

「で、殿下……？　何故そんなことで私が怒られていますの……？」

ドロテアから手紙があったため、姉が王に見初められたことは知っていた。

とはいえ、相手は獣だ。ドロテアは少し頭が良いだけで、見目の悪い売れ残りなので、獣とはいえ王に嫁ぐなんて出来すぎな話だとシェリーは思っていた。

きょとんとした様子のシェリーに、ケビンは重たい溜め息を吐く。

「……君はこの国の、女は男よりも優秀であってはならないという話を聞いたことはあるか？」

「はい、もちろんですわ？」

「こんな教えが広まった理由は？」

「知りませんわ？」

にっこり。そんなシェリーの笑みは、ケビンをより苛つかせるのには十分だった。

「これはな、数代前の国王陛下が、当時の后が優秀だったことを妬んで広めさせた教えなんだよ！　だが一ヶ月後の建国祭で、王族自らその教えは間違いであったと公表するつもりだったんだ！　何故なら優秀な女を蔑ろにしたせいで、我が国が少しずつ衰えてきているからだ！　間違いだったと宣言するのは王族の恥だが……背に腹は代えられん」

「え？　つまり？　全く話が読めませんわ？」

ぽかんと口を開けるシェリー。ここまで言っても分からないのかと、ケビンの苛立ちは最高潮に達したらしい。

眉をひそめ、シェリーに向かって指をさした。

「つまり！　これからはお前みたいな顔だけの愚かな女じゃなくて、ドロテア嬢のような聡明な女性が求められるってことだ!!　もっと言えば、ドロテア嬢が他国に嫁ぐのは我が国の大損失で、その原因は君の愚かな言動からだ！　これだけ言えば分かるか!?」

ケビンの言葉は一応耳に入ってきたけれど、シェリーにはこれしか考えられなかった。

――美しい私より、売れ残りのお姉様が求められる……？

その事実に、信じられないと、シェリーは口をぽかんと開けることしか出来なかった。

第九話 ✦ 顔が直視できないのは、そんなの

「お義姉様、お兄様とのデート、どうでした？」

「ゴホゴホゴホッ!!」

ヴィンスとのデートから三日後のこと。休暇をもらっていたドロテアは、ディアナから誘われたお茶会に参加していた。

お茶会と言ってもドロテアとディアナ、互いのメイドがいるだけの、城内にある中庭で行われている小規模なものである。

因みに、中庭の囲いにも特殊な加工が施されており、城内に声が筒抜けになる心配はなかった。

ドロテアはう゛、うん！　と咳払いをしてから、天使のような笑顔を向けてくれるディアナを見つめた。

「ええ、とても楽しかったです」

「特に？　特にどの辺りがですか!?」

「特に!?　えっと……紙芝居や大道芸はもちろん、伝統的な茶器や――」

「そういうことではありませんわ!? お兄様とどんなふうにイチャイチャして楽しかったのかを聞きたいんですの! ハグは? キスはしましたか!?」

(ディアナ様、身も蓋もありませんわ……!!)

ここ数日で分かったのだが、どうやらディアナは恋愛の話にとても興味があるらしい。

ディアナの歳は十八。年頃なのでおかしな話ではないのだが、流石に今後身内になる人間に洗い浚い話せるほど、ドロテアのメンタルは強くはなかった。

「な、何もありませんでしたわ! 楽しくお話しして、街を回っておしまいでしたので」

「そうなのですか? お兄様はお義姉様にゾッコンですから、キスの一つや二つはしたかと思ったのですが……」

(確かにありましたけどね……! 出発の直前に鼻を甘噛みされたし、ベンチに座っているときには頬にキスをされましたけども……!)

脳内で叫ぶだけに留めたドロテアは、ふぅと息を吐いて自身を落ち着かせて、出来るだけ平静を装う。

すると、今日も今日とて謝罪の品として渡した帽子を被るディアナが、重たいため息をついた。

「それにしても、デート良いですわね……私もあの人と行きたいですわ……」

吸い込まれそうな大きな瞳を伏し目がちにしたディアナがポツリと呟く。

以前、廊下で話したときにはヴィンスが話しかけてきたのでディアナの話が逸れてしまったのだ

が、今ならば聞いても良いだろうか。

そんなふうに心配に思ったものの、ディアナがこちらをキラキラとした目で見てくること即ち、この話を広げても良いということだろうと察したドロテアは、「もしかして」と口火を切った。

「ディアナ様の好きな方って、ラビン様ですか？」

「そ、そうなのです……！　お義姉様凄いですわ……！　よくお分かりになりましたね……！」

「え、ええ」

（多分、城内で知らない者はいないと思うわ……）

帽子をいの一番に見せに行ったこと然り、執務室に差し入れを持ってきてくれたときはじぃっとラビンのことを見つめていたり、単純に彼にだけ距離が近かったり。

（ディアナ様は知らないだろうけど、実は『姫様の恋応援し隊』なんていうのも存在するのよね……私も入ろうかしら）

……というのは一旦置いておくとして。つまり、ディアナはラビンに恋い焦がれているのだろう。

「お兄様と私とラビンは幼馴染なんですが、私は昔からラビンのことが大好きで……。でも彼は私には妹のような扱いばかりをして、中々進展できなくて……お義姉様たちのようにデートをすれば距離が縮まるのかなぁ、なんて思ったり……」

「ごめんなさい、こんな話を……」と申し訳無さそうにするディアナに、ドロテアは首をブンブンと横に振った。

「いえ、お話ししてくれて大変嬉しいです。微力ながら、私に協力できることがあったらお手伝いいたしますから、何でも言ってくださいね」

「お義姉様優しい……!!　大好きです……!!」

ぶんぶんぶん。ディアナの黒い尻尾が興奮気味に右へ左へと揺れる。

（か、可愛い……!　もふもふしたい……って、そうじゃない……!）

ドロテアは自身の欲求に内心で鞭を打ってから、何度目かの咳払いをした。

「ディアナ様、やはりここは思い切ってデートに誘ってみたらどうでしょう?」

「けど断られたら……」

「それはないと思います。ラビン様がディアナ様を見る目は大変お優しいですから」

「そ、そうですか……?」

ロレンヌの侍女をしていたとき、いかに主人が快適に過ごせるかを先読みするため、ドロテアはかなりの観察眼を手に入れていた。

もちろんその能力だけでラビンの本音までは分からないが、彼がディアナに対して何かしらの好意を持っていることは間違いないと思ったのだ。

ディアナは辺りに散らしていた視線を再びドロテアに向けると、「決めました!」と声を上げた。

「私!!　三日後に行われる星月祭りに、ラビンを誘ってみようと思います……!」

「星月祭りですか。良いですね」

「でしょう？　あっ、ドロテア様、星月祭りの日の言い伝えってご存知ですか……？」


「――で、ディアナのために、わざわざ休みの日に、しかもこんな夜更けにドロテアが働いていると」

夜も更けて来た頃、ドロテアはもう休むからとナッツを下がらせると、ヴィンスから執務室の鍵をもらっていたので、それを使って入室し、手元を照らす明かりをつけて仕事をしていた。

それも全てはディアナのため。というよりは、ディアナがデートに誘う相手――ラビンが、確実にデートの日に休めるよう仕事を進めておこうと思っていたのだけれど。

「はい……そういうことです……」

ほんの僅かな光が廊下に漏れていたのだろうか。

突然現れたヴィンスに、こんな時間に仕事をしている理由を聞かれたドロテアは、正直に事のあらましを打ち明けた。

王であるヴィンスに不審がられる行為だったことを反省したことと、ヴィンスほどの敏い人物ならばディアナの気持ちを確実に知っているだろうと思ったからである。

現にヴィンスはディアナの気持ちを知っており、説明は簡単に済んだ。

「……お前の優しいところは好きだが、こんな夜更けに一人で出歩くのはいただけないな。たとえ城内だったとしてもだ」

「……っ」

「しかもこんな薄着で」

ドロテアの服装といえば、夜着の薄手のワンピースに、シルク生地の桃色のガウンを羽織ったものだ。

まだ湯浴みを済ませていなかったヴィンスは黒色のジャケットを脱ぐと、それをドロテアの肩へぱさりと掛けた。

「着ていろ、風邪を引くぞ」

「あ、ありがとうございます」

「それと仕事はしなくて良い。明日ラビン自身にやらせる。ディアナのことをちらつかせれば、あいつはぶっ倒れてでも仕事を終わらせるだろ」

「えっ、それって……」

（つまり、そういうことよね？）

それなら私の出る幕はないわね、とドロテアは羽根ペンを定位置に戻すと、ヴィンスにこっちへ来いと言われたので、立ち上がって窓際にいるヴィンスのもとへと歩いて行く。

そんなドロテアは、ヴィンスの隣にちょこんと突っ立つと、直接本人は見ずに窓に反射して見えるヴィンスの顔を眺めてみる。

相変わらず整った美しい顔をしているのに、ひょっこりと見えるフサフサの耳が可愛い。

久々に触りたいな……と思っていると、ヴィンスが窓に反射して見えるドロテアを見てクックッと喉を鳴らしてから、からかうような声色で問いかけた。

「耳、触るか？」

「えっ、良いのですか……!?」

「ああ、もちろん。ただし、一つだけ条件を呑んでくれないか？」


何やら楽しそうに笑みを浮かべたヴィンスにそう言われたドロテアは、窓を見たまま間髪容れずに「はい」と頷いた。

もはや条件など何でもいい。可愛い耳をもふもふと堪能出来るのならば、ドロテアは何だって出来るつもりでいたから。

「はい、って言ったな？　本当に良いのか？　言質は取ったぞ」

「もちろんです。早く仰ってくださいませ」

もう、もふもふする準備は万端だ。ドロテアは両手をのそっと胸の前に出す。

意識は完全に、これからの幸せな時間へと奪われていた。

だからだろうか。顔ごと窓の方を見ながら待機しているドロテアは、ヴィンスの手が伸びてきたことに気付かなかった。

「――えっ」

「なら、俺の目を見ながら触れ。これが条件だ」

「……っ、そ、それは……っ」

ヴィンスに無理矢理顎を掬われ、視線がかち合う。けれどドロテアは、反射的にさっと目を逸らした。

「……良いのか？　俺を見ないと触れないが」

「……っ、以前は好きなように触っていいって……」

「だから確認しただろ。それに聞いた。本当に良いのかって。もう言質は取ったんだ、触りたいなら俺を見ろ、ドロテア」

こんな条件、いつもならば何ということもなかっただろう。

そもそも、普段からドロテアとヴィンスは毎日顔を合わせ、そりゃあ目も合うわけだから、そこにそれほどの緊張はなかった。いや、ないはずだった、のに。

「お前、デートの日以来、俺と目を合わせないだろう」

「やっぱり、気付いていたんですか……？」

「当たり前だろう。まあ、理由も大体想像はつくが、それと目を合わせないのとでは話は別だ」

「……っ」

ヴィンスが言う通り、デートの直後から、ドロテアはヴィンスと目が合わせられなかった。

というのも、ベンチに座っているときにされた、頬へのキスが原因だった。

あのときドロテアは、求婚されたときとはまた違った意味で、心を掻き乱されたのだ。

頭を撫でられたり、腰を引き寄せられたり、はたまた鼻をカプと甘噛みされたりと、ヴィンスに触れられるたびに動揺したドロテアだったけれど、人生初のキスは段違いだった。

甘噛みされたときもそりゃあ凄い衝撃だったが、あれは狼の求愛行動、ただの習性よね！　うん！　と自身を落ち着かせることができた。

けれど、キスは違う。たとえそれが頬にであったとしても。

「っ、それはヴィンス様が、その、ほっ、頬に、キスをするからじゃありませんか」

「……なら、口の方が良かったか？」

「……はい!?　冗談はやめてください……！」

キッとつり上がったコバルトブルーの目と相反するように、これでもかと下がっていくドロテアの眉尻。

それなのにヴィンスが薄らとした笑みを崩すことはない。

（ヴィンス様、絶対に分かっててわざとしてるんだわ……！）

何故ならヴィンスは敏い。特にドロテアに関してのことならば。

同時にヴィンスは、唇を噛み締め、頬を色付かせているドロテアに、加虐心がふつふつと湧いてくる。

ヴィンスは背中を丸めてドロテアの顔にぐっと自身の顔を近付けると、彼女の顎を掬ったままの手に力を入れて、もう一度無理矢理目を合わせた。

直ぐに目を逸らそうとするドロテアに「見ないとまたキスするぞ」と甘い条件を突きつけて。

「なっ、なっ……!?」

「ふっ、やっと見たな。ドロテアが恥ずかしがって目を合わせない様子はそれはそれで可愛かったが、もうそれはしまいだ。そろそろお前の綺麗な目を見て話したい」

「〜〜っ」

ドロテアの顔が真っ赤に染まる。そして直後、それはこれ以上ないほどの色気を孕んだヴィンス声で、問いかけられた。

「頬へのキスは、嫌だったか？」

顎を掬う手を解き、ドロテアのキスをした側の頬を優しく撫でながら、問うヴィンス。

全てを悟ったような黄金の瞳に撃ち抜かれたドロテアには、黙秘も、嘘も、もちろん逃げるなんていう選択肢もありはしなかった。

「……っ、嫌じゃない、って、絶対分かってるじゃないですかぁ……！」

「ああ、ドロテアのことなら全て分かる。だがここ数日、目を合わせてもらえなかったんだ。少しくらい意地悪をしてもバチは当たらんだろう？」

くつくつと喉を震わせるヴィンスを、ドロテアは上目遣いで見つめる。

――そう。目が合わせられなかった理由は、頬へのキスが恥ずかしかったから。けれど一番の理由は、それが嫌じゃないと思ってしまったから。

（私多分……もうヴィンス様のこと……）

優秀であると認められて、見た目に対して自信も持たせてくれて、優しいところが好きだと言われて。それだけでも好きになってもおかしくないのに、一途に愛の言葉を囁かれたり、甘い意地悪をされたり、それなのに今、核心を突いてこない優しさを見せられたり。

「ヴィンス様」

「ん……？　何だ」

もう確実に、目の前の黒狼陛下に落ちてしまっているのだろう。

けれど、ドロテアはまだ、それを口に出すことはできなかった。

ヴィンスの愛に答えるには、生半可な覚悟では足りないのだ。

「今からきちんと目を合わせますから、早くお耳を触らせてください。あと尻尾もお願い致します」

「流石ドロテア、切り替えが早いな。……まあ、約束だし構わんが」

――だから、もう少しだけ時間がほしい。ヴィンスへの思いを自覚した蕾が、大きく花咲くまで。

「……ふふ、もふもふ……気持ちが良いです……」

「本当に幸せそうだな」

「はい。本当に幸せです……もふもふ、ふふふ、もふもふ……ふふっ」

第十話 ✦ 星月祭りの前に

ついに迎えた星月祭り当日。ディアナは無事ラビンを誘うことができ、ラビンもまた仕事を終わらせて祭りに行くことが叶うらしい。

……と、どこか祭りに対して他人事だったドロテアだったが、現在進行系でドロテアも祭りに向かう準備をしていた。昨日の夜、ヴィンスに一緒に行こうと誘われたからである。

「ドロテア様！　今日はこちらの衣装を着ていただけますか？　星月祭りには、皆このような衣装を着るのですが」

「ええ、もちろん。……って、え？　これ？」

星月祭りとは、年に一度獣人国で行われる催しのことである。

文字通り星や月を眺めようというもので、この日は子供も少し夜更かしをして夜空を眺めるのだとか。

街の大通りには個性的な露店が沢山立ち並び、そこで買ったものを食べ歩きして楽しむのも一興らしい。

おそらく一部の大人にとっては、食べ歩きしながらお酒を楽しむ祭りであり、酔いが回りすぎて夜空を眺める風情など残されていないだろうけれど。

それもまあ、祭りの醍醐味である。因みに、ナッツもドロテアの支度が済み次第祭りに繰り出すようなのだが、専ら夜空ではなく食べ物を楽しむ派なのだとか。

と、星月祭りの概要は事前に知っていたドロテアだったが、まさか祭りのときに着る衣装がこのような形状だとは思っていなかった。

星や月の邪魔をしないように真っ黒の衣装を身にまとうというところまでは知っていたが、それにしたって。

ドロテアは、衣装を手に持っているナッツに対して気まずそうな表情を浮かべた。

「この衣装では、脚が出てしまうんじゃないかしら……？」

肩周りにフリルが着いた黒のシンプルなワンピース。それ自体はとても可愛いのだが、問題はその丈だった。

「そうですね……膝の下は見えてしまうかもしれません。過去に、真っ黒な衣装で脚まで隠しては流石に可愛くないという意見が女性から複数上がったようで……今はこの長さが定番なのですが……」

「そ、そうなのね……？」

確かに獣人国に住む女性は、サフィール王国の女性と比べると多少露出は多い。

文化の違いなので何とも思っていなかったが、それを自分が着るとなるとまた話は別であった。

「ほっ、他のお召し物にしましょうか!? 別にこの衣装じゃないと祭りに参加できない訳ではありませんし!! ただ、ドロテア様と同じ衣装を着られることが楽しみだったので……残念……ですが……」

「何が何でも着るわナッツ。準備してちょうだい」

「本当ですか!? かしこまりました〜!!」

(ハッ! つい!! 落ち込むナッツを見てたら、つい!!)

ナッツのくるんとした大きな尻尾が床につくほどに下がり、同じように眉尻を下げられたら、反射的に言ってしまったのである。

(けれど、まあ良いわよね。暗いからそんなに脚なんて見えないだろうし。周りの皆も同じ格好なのだし。ナッツも喜んでくれたし。うん、大丈夫——)

そう、思っていたのだけれど。

ドロテアはすっかり忘れていたのである。自身の身長が、一般的な女性よりも高いことを。

「こ、これは……!! 着替えないとまずくないかしら!?」

ドロテアの支度が済み、ナッツが城内にある自分の部屋に戻ってからのこと。部屋まで迎えに来てくれるというヴィンスを待っていたドロテアは、姿見の前で頭を抱えていた。

というのも、実際に衣装を着てみたら、思いの外丈が短かったからである。

「ひ、膝が半分見えているわ……!!　こんな姿をヴィンス様にお見せするのは流石に……」

ナッツからは綺麗なお膝です～！　なんて褒められたが、もはやそんなことはどうでも良い。綺麗だろうがなかろうが、見えているという事実が問題なのだ。

「違う服に着替える？　けれどナッツが悲しんでしまう……けどこんな姿をヴィンス様にお見せするのは……」

悩む時間がほしい。しかし都合良く時間が止まってくれるなんてことはなく、ノックの音にドロテアの肩は大袈裟にビクンと跳ねた。

「ドロテア入るぞ」

「一分！　一分お待ち下さいヴィンス様……!!」

そう言ってドロテアは、部屋中の明かりを全て消して、三日月や瞬く星の光も入らないよう、カーテンをしっかりと閉める。

部屋が真っ暗になったことを確認してからヴィンスに「どうぞ」と伝えると、彼が部屋に入ってきた足音を確認してから、ベッドの脇から姿を見せた。

「どうして真っ暗なんだ」

「少し……お見せするのに覚悟がいりまして……」

「……覚悟。まあ良い。ならその覚悟とやらが出来るまで、少し話があるんだが良いか？」

「はい、それはもちろん」

声が聞こえなければヴィンスがどこにいるか分からないほどの暗闇で、ドロテアは家具にぶつからないように腕を前に出しながら歩いて行く。

すると、片手をするりとヴィンスに捕らえられたと思ったら、もう片方の手で腰を引き寄せられ、密着する形となった。

「捕まえた。……それで話なんだが」

「えっ？　この体勢で話すのですか？」

「明かりをつけるのとどちらが良い？　選べ」

「このままで良いです……」

多少密着しているとはいえ、顔は見えないから恥ずかしさは半減だ。それにまだ覚悟が出来ていないので、生足を見られるよりは余っ程良い。

（あれ？　そういえばさっき、まるで目が見えてるみたいに手を摑まれたような……？）

そんな疑問を持ったドロテアだったが、「話というのは――」とヴィンスが話し出したので、一旦疑問を他所へ追いやると。

「今度、サフィール王国で建国祭が開かれることは知っているだろう？」

「はい」

「俺にも招待状が来ている。ドロテアにも婚約者として共に来てほしいと思っているんだが、どうだ」

あれは一昨日の夜だっただろうか。ラビンと共に執務室にいたヴィンスのもとにサフィール王国からの手紙が二通届いた。

一つは建国祭に出席するための招待状。

もう一つは建国祭に是非参加してほしいという内容と、以前、シェリーがディアナに対して暴言を吐いたことに対する謝罪が書いてあった。

もちろん、ヴィンスとドロテアの結婚を邪魔するつもりはない――つまり敵対関係になるつもりはないという旨も。

（サフィール国王は俺たちを敵に回したくないと。まあ、当然だな）

獣人国の総力を以てすれば、サフィール王国など一溜まりもないのだから。

ヴィンスはその手紙を一旦机にしまう。ディアナとのデートの時間を確保するために、一心不乱に机に向かっているラビンに「おい」と声を掛けた。

「…………」

「おい、ラビン」

「…………」

「……ハァ。ディアナが差し入れ持ってきたぞ」

「姫様こんな夜に部屋から出てはいけません！　私が送っていくので早く部屋まで戻りましょ——って、ヴィンス？　姫様は？」

「嘘だ」

「ヴィンスううううう……!!」

疲れもあったのか、耳を立てたり下げたり丸い尻尾をぷるぷると震わせて変な顔をするラビン。

ヴィンスはつい鼻で笑ってしまう。

「無視するお前が悪いだろうが」

「……それはすみませんでしたね。で、なんです？」

「いや、俺のドロテアが居なければ今頃お前はどれだけ仕事をやってもデートには行けなかっただろうと思ってな」

「半分惚気ですか？　それとも感謝を求めてます？　ドロテア様には毎日感謝の言葉を伝えてますからね？　文官全員！」

ラビンの言葉に、そんなこと知っていると言わんばかりの当然の顔をするヴィンス。

ドロテアはもう獣人国においてなくてはならない存在だ。もちろん、彼女の聡明さや知的好奇心もそうだが、気遣いだったり、優しさだったり、頑張り屋だったりするところも。

ヴィンスからすれば、照れたときの可愛い顔や、恥ずかしくても出来るだけ思いを伝えてくれるところ、幸せそうに耳や尻尾を触る姿、というかドロテアという女性が存在するだけで幸福なのだけれど。

とにかく、ヴィンスはそんなドロテアをサフィール王国の建国祭に連れていきたいと思っていた。

というのも、求婚をしたとき一時帰国を認めなかったために、勤め先で良くしてくれた主人――ロレンヌに挨拶ができないことを、ドロテアが気に病んでいると思ったからだ。

もちろん、サフィール王国に行くにあたってドロテアの家族に対しては懸念はある。何かしらの尻拭いをまたドロテアにさせようとするのではないか、ドロテアを傷つけるようなことを言うのではないかと。

（……まあ、ドロテアに何かしようとするならば、俺が容赦しないがな）

――そうして、話は現実に戻る。

「はい。参加させてください。今後のためにも、婚約者として顔を出しておいたほうが良いと思います。ただ、まだ婚約誓約書は届いていないのですよね……？」

「ああ。そのことなんだが、むしろ聞きたかった。お前の両親は文字くらいは読めるよな？」

「さ、流石に。……けれど」

婚約誓約書の手続きは、比較的簡単なものだ。

文字の読み書きを習っている貴族ならば難なく行えるはずだというのに、まだ返信がないことにヴィンスは疑問を持っていたのだけれど。

「あまり頭が良くない、と言いますか。少し手続きというものが苦手と言いますか」

「つまり馬鹿だから婚約誓約書の手続きに四苦八苦していて遅れている可能性があると」

「……そうとも言えますね……申し訳ありません……」

ドロテアが謝る必要はないだろう。そう伝えれば、彼女は「それはそうなのですが……」と申し訳無さそうに呟いた。

おそらく、ドロテアは妹の尻拭いだけではなく、両親の足りない頭も補ってきたのだろう。

「とにかく、建国祭までに婚約誓約書が届かなくとも、お前は俺の婚約者として連れて行く。ついでにドロテアの両親にさっさと手続きを済ますよう催促する。この心積もりはしておけ」

「かしこまりました。因みになのですが、建国祭に出席した際は、少しだけ自由時間をいただいてもよろしいですか？」

ドロテアの質問の意図が直ぐ様理解できたヴィンスは、「ああ」と答えてから話を続けた。

「世話になったライラック公爵夫人と話したいのだろう？　勿論構わん。というより、ドロテアが世話になった人だ。俺も挨拶をするから、そのつもりで頼むぞ」

「はい……！　ありがとうございますヴィンス様……！」

暗闇の中、ぱあっと嬉しそうに笑うドロテア。ヴィンスはそんな彼女の姿を見て、小さく笑い返してから、おもむろに口を開いた。

「――で、そろそろ良いのか。覚悟とやらは」

「……！　そ、それはですね……！」

ハッとしたドロテアは、無意識に自身の足元へと視線を寄せた。

つい普通に話していたが、本当は生足を見せるまでの覚悟を決める時間だったというのに。

（どうしましょう……っ、そもそもこんな姿をヴィンス様に見せるなんて、いつになったら覚悟ができるというの）

――いや、できる気がしない。ドロテアはそんなふうに自問自答して、これからどうしようかと思案していると、ヴィンスの喉を震わせる音にぱっと顔を上げた。

「ヴィンス様？　どうされ――」

そこで、ドロテアは気づいてしまったのだ。

暗闇の中で、ヴィンスの黄金色の瞳がキラリと光っていることに。先程暗闇でも目が見えているのかと思わせるほどに正確に手を捕らえられた理由にも。

「ヴィンス様、もしかしてずっと見えて……！　ハッ！　夜行性だから、もしかして夜目が利く……」

「御名答。焦っていたからか、ドロテアにしては気付くのが遅かったな」

「……なっ、なっ」

「ずっとドロテアの綺麗な脚は見えていた。覚悟が不要で良かったじゃないか？」

そのとき、ぐいと腰を引き寄せられ、ドロテアの身体はすっぽりと、愉快そうに口角を上げるヴィンスの腕の中に捕われてしまう。

早まる心臓の音。間違いなくヴィンスには聞こえているのだろうと思うと、よりいっそう鼓動は高鳴った。

「……だが、この格好で外に出すわけにはいかないな。お前のこんな姿を見ても良いのは俺だけだ」

静かな部屋に響く、重低音なヴィンスの声。

胸の奥がきゅうっと疼いたドロテアは、ナッツに申し訳ないと思いつつも、すぐに着替えようと心に決めたのだった。

第十一話 ✦ 星月祭りと幼い頃の自分

露店が立ち並ぶ大通り。数多くの獣人たちが行き交い、夜空には美しい三日月と満天の星。

隣にはヴィンスがいて、丈の長い黒のワンピースに着替えたおかげで脚が隠れて不安もない中、人生で初めて経験する星月祭りにドロテアは幸福で満たされていた。

ただ一点、心を乱してくることがあるとすれば。

「ヴィンス様！　星月祭り限定の露店です！　あれはおそらくレザナード南部でしか採れないヴァッネーナを使った一品！　見てきても良いですか!?」

「ああ、見るのも買うのも好きにしろ。ただし走って転けるなよ。まあ、転けても支えてやるが」

というのも、この繋がれた手だ。

一瞬たりとも離すことは許さない。そんな気持ちが伝わってくる大きくて節ばった手を絡められ、ドロテアは内心では緊張で一杯だった。

（ヴィンス様……私のことを子供と勘違いして……。ないわね）

ドロテアを映すその目は、愛おしいものを見る目だ。繋がれた手からは、これから一生決して離さないと言われているような、感情まで伝わってくる。

観察力や洞察力、読解力に優れたドロテアがそれを勘違い出来るはずもなく。

（私は、ヴィンス様に愛されている……。それを自覚すると、こうも恥ずかしいなんて）

厳密に言えば、ヴィンスの思いは知っていたが、信じきれていなかったドロテア。

ヴィンスと過ごすうちに自分に自信を持ち、彼の気持ちを信じられるようになったものの、まだ彼の気持ちに応えられないでいる理由の殆どは、恥ずかしさだ。

（だって、思いに応えたら、ヴィンス様はもっと甘やかしてくる気がするんだもの。私、ドキドキで死ぬんじゃないかしら……）

身分の差も気にはなるが、それは現状では変えようがないので、さておき。

露店に置かれているものを丁寧に説明しながら、歩幅を合わせて歩いてくれるヴィンスを、ドロテアはちらりと見やる。

（今日のヴィンス様、格好良過ぎないかしら……）

男性も黒の服装を推奨されているようで、ヴィンスは全身を黒色で纏っている。

胸元が少し開かれた黒のワイシャツに、スラリとした黒のスボン。ふくらはぎ辺りまでの黒の編み上げブーツ。

軽く羽織ったジャケットも黒色で、少し光沢感があって男らしいデザインだ。

（色気が……耳や尻尾の可愛さが掻き消されてしまうくらいに色気が凄いわ……。って、ヴィンス様ばかり見ていてはだめじゃない！）

　せっかくの星月祭りだ。一瞬ヴィンスに意識を奪われてしまったものの、ドロテアはブンブンと首を振って邪念を取り払うと、弱々しい泣き声に意識を奪われた。

　泣いているのは誰だろうときょろりと辺りを見渡せば、露店の裏側にある小道で泣いている、およそ七歳くらいの羊の獣人の少女を見つけたのだった。

「ヴィンス様、あの子大丈夫でしょうか？　周りに親らしき人がいませんが……」

「逸れたのか、何か別の問題が起こったか」

「一度声を掛けても構いませんか……？　あんな小さい子、放っておけません」

「ああ、行こう」

　流石に子どものところに行くのに手を繋ぐのは……と控えめに言うと、渋々納得して手を離してくれたヴィンスと共に子どものもとへ向かう。

　すると、もう少しで到着というところで、その少女よりも一回り小柄な羊の獣人の少女が現れたのだった。

「あ！　お姉ちゃんいた！　いきなり走ってどこかに行かないでよー！　心配したよ！」

「うう〜だって……っ、あの子いっつも私のこと不細工って言って虐めてくるんだもん……っ。もうやだぁ」

　どうやら現れた少女は、泣いていた少女の妹らしい。心配そうにしている表情が、姉妹仲が良いのを予想させた。

少女が泣いていたのは、どうやらあの子と呼ばれる人物に不細工だと言われたから、らしかった。

話の大筋は理解でき、そんな姉妹の後方にはこちらに向かってきている両親と思わしき人物もいるので、心配はいらないだろうとドロテアたちは立ち去ろうと思っていたのだけれど。

少女たちの会話に、ドロテアはぴたりと足を止めた。

「あのねぇ、気にし過ぎなの！　自信持ってれば良いんだから！　言いたい奴には言わせとけば良いのよ！」

「けど……私、本当に可愛くないし……いっつも、妹は可愛いのにお前は不細工だって……」

「はあ～……もう！　だったら私が言ってあげる！　お姉ちゃんは可愛いわよ！　とーっても可愛いの！　それに私と比べる必要もないの！　分かった？」

「……っ、う、うん！」

その会話を終えると同時に両親が到着し、「心配をした」「貴方はとっても可愛いわ」と羊の獣人の少女を励ましながら、その家族たちの姿は小さくなっていく。

「ドロテア、そろそろ行くか」

ヴィンスはそう言って、ドロテアの手に自身の手を絡ませた。

しかし、数歩歩いたところで腕が突っ張るのを感じたヴィンスは、おもむろに振り向いた。

「――ドロテア？」

「…………」

ドロテアは、未だに少女たちがいた方向を眺めていた。

どこか懐かしむような、それでいて悲しそうな、まるで消えてしまいそうな儚げな表情で。

そんなドロテアは、姿が見えなくなった少女たちのことをきっかけに、自身の過去を思い出していた。

先程の少女たちとは違い、売れ残りだの、不細工だの、その見た目じゃ可哀想だのと、両親や妹、周りから言われていた日々を。

「…………」

とはいえ、今のドロテアからすれば、それはそこまで悲観することではなかった。

サフィール王国でドロテアが求められなかったのは、何も見た目だけではなかったのだ。どころか、聡明過ぎるという理由の方が大きいのだから、悲観するようなことではない。

それに今は、ヴィンスに求婚され、愛されていると自覚し、幸せで仕方がない日々を送っている。

(何一つ、落ち込むことなんて……)

ないはずだというのに。それでもドロテアは考えてしまうのだ。

──もしも、あの子たちのような姉妹だったら、と。

「ドロテア」

「…………！」

力強く手を握られ、僅かに強い口調で名前を呼ばれたドロテアは直ぐ様ヴィンスの方向を振り向いた。

ぼんやりしていた自覚はあるので、待たせてしまったかもしれないと謝ろうとすると、摑まれた手をぐいと引っ張られたのだった。

「えっ、ヴィンス様……!?」

軽く抱きしめられたと思ったら、直ぐ様離れていくヴィンス。

何事だろうかとドロテアの瞳に困惑の色が浮かぶと、その瞬間だった。

「えっ!?　きゃあっ……!!」

腰と膝裏辺りに感じるヴィンスの手の温もり。至近距離にあるヴィンスの顔に、ぷらんとした自身の脚。

いわゆるお姫様だっこなるものを急にされたドロテアは、瞠目し、張本人を見つめたのだった。

「ヴィンス様、急に何を……!　下ろし――」

「――跳ぶから、しっかりとしがみついていろ」

「は、はい!?」

そうして、ヴィンスは言葉通り跳んだのだった。

鳥のような優雅な飛行ではなく、足にバネでもついているかのように、激しく。なんの説明もなく、ただドロテアが絶対に落ちないように力強く抱きしめたまま。

「ヴィンス様、絶対離さないでくださいね……！　絶対ですよ……！　後生ですから……！」

「だから離さないと言っているだろう」

結局、ヴィンスにお姫様抱っこをされたドロテアが下ろしてほしいと懇願したのは最初だけで、実際は現在もその体勢のままだった。

というよりは、経験したことのない高さに、ドロテアはむしろヴィンスにしがみついていた。

「お、落ちたら死ぬんですからね!?　ここ、城の一番高い塔のてっぺんですからね!?」

塔のてっぺん――先が尖っており、普通の人間ならば恐怖や足の踏み場の狭さで、到底そこに立つことなどできないのだが、獣人の肉体を以てすればなんのこともないらしい。

地面の遥か上、それこそ人が蟻のように見える塔の先でドロテアをお姫様抱っこしているヴィンスの表情といえば、普段と変わらない涼しいものだ。

「これくらい高い方が、星と月を近くで楽しめるだろう？　せっかくの星月祭りだから、楽しまないと損だぞ」

「そ、それはそうなのですが、私高いところがあまり得意ではなくて……」

「ほう、それは良いことを聞いたな。それなら、これからも高いところに行けばドロテアからくっついて来ると」

「〜〜っ」

からかうような言葉とは裏腹に、抱き締めてくれているヴィンスの手は力強い。

実際のところ、それだけでもかなり安心材料になるのだが、「安心しろ。死んでも落とさない」なんて言われてしまえば、緊張と恐怖でガチガチだったドロテアの身体から少し力が抜けたようだった。

至近距離にある二人の顔。暫し見つめ合った後、ふっと笑ったヴィンスは、夜空を見上げた。

「ドロテアも見てみろ。綺麗な星と月だ」

そう言われ、ドロテアはヴィンスの首辺りに両手を回したまま、ゆっくりと顔ごと夜空を見上げる。

「わあっ、本当に……綺麗です……」

まるで夜空に手が届きそうだと、本当に思う日が来るとは思わなかった。

すぐそこにあるように見えるキラリと光る星と月に、ドロテアの瞳も呼応するようにキラリと光る。

いつの間にか夜空から、ドロテアへ視線を向けていたヴィンスはそんなドロテアの様子に優しそうに口角を上げた。

すると、少し間を空けてからぽつりぽつりと話し始めたのはドロテアだった。

「ヴィンス様、ここに連れて来てくださってありがとうございます」

「礼を言われるようなことじゃない。俺がここに来たかっただけだ」

「ふふ。嘘はよしてください。私の様子がおかしかったから、気分を変えようとしてくださったんですよね？」

「…………」

無言は肯定と取って良いのだろう。

思慮深いヴィンスが己の欲求だけでこんな行動に出るとは思えなかったから。

（ヴィンス様はお優しいもの。それに、いつも私のことをきちんと見てくださっているから）

自惚れだと思われたって構わない。けれどそれは事実で、ドロテアはこれ以上なく嬉しく、心がじんわりと温かくなってくる。

だからだろうか。ドロテアは今まで誰にも話したことがないようなことでも、ヴィンスに対しては自然と言葉が溢れてくるのだった。

「先程の少女たちを見ていて、過去の自分と妹――シェリーのことを思い出しました」

「……………」

「思い出したと言っても、私たちはあの姉妹のような微笑ましい仲ではなかったんですが……。妹が物心付いた頃から、既に両親や周りは妹のことを可愛いと持て囃し、私のことは蔑んでいたので。だからそういう環境で育ったシェリーが、彼らと同じように私を蔑むのはおかしな話ではないのです。それに、聖女の称号まで得たなら、なおさら」

それに加えて様々な尻拭いをさせられて、正直家族というものにあまり良い思い出はなかった。

そんな家族と物理的に離れた今、ドロテアの心は健やかだ。ヴィンス、ディアナ、ナッツ、ラビンや城で働く者たち、獣人国の心優しき民たちのおかげで。それでも。

「――それでも、たまに思ってしまうんです。サフィール王国じゃなかったら、私の見た目がシェリーのようであったなら、仲の良い家族でいられたのかなって。その中に、私も入れたのかなって」

ドロテアが幼いながらに結婚に強い憧れを抱いたのは、自身では叶わなかった仲の良い家族というものに憧れたからだ。

当たり前のように愛されたり、当たり前のように自身の愛を受け入れてほしかった。姉妹で一緒に仲良く遊びたかったし、両親には可愛いなと頭を撫でてもらいたかった。

尻拭いを押し付けるんじゃなくて、今日は何か楽しいことはあったのかと、尋ねてほしかった。

そんな日常を、ドロテアは切望していた。

「私には叶わなかった現実を目の当たりにして、羨ましいなと思ってしまいました。……あっ、もちろん今の生活に不満なんてありませんよ!?　毎日勉強が出来て、ディアナ様やナッツ、城の皆さんが本当に良くしてくれて、ヴィンス様の尻尾やお耳を触らせていただいたり、ありがとうって、可愛いって、言って、もらえて……」

幸せなのに。いや、幸せだからこそ、ドロテアは悲しい思い出を振り返ってしまったのかもしれない。

「突然こんな話をして申し訳ありません」と、気まずそうに笑うドロテアに、ヴィンスはドロテアと視線を合わせることなく、閉じていた唇をゆっくりと開いた。

「……俺がもし、お前の両親だったら、妹だったら、毎日可愛いと、愛していると伝えるのに」

「……っ」

「だが、俺はお前の両親や妹になれないし、なりたいとも思わない。何故なら」

地上よりかなり高い位置にいるからだろうか。強い風がひゅるりと肌を刺す。

髪の毛が乱れ、視界が自身の髪の毛によって遮られたドロテアが数秒後に再び目を開けると、どこか切なげで甘い瞳を向けてくるヴィンスと、視線が混じり合った。

「俺は、ドロテアを妻として迎えたいからだ。夫としてお前をどろどろに甘やかして、幸せにしたいと思っている」

「……っ、ヴィンス、様……っ」

「——今まで、国や民のために尻拭いばかりさせられてきて、辛かったな。たとえ能力があったって、誰でもできることじゃない。……よく頑張った」

「……っ」

誰かのために頑張ることは当たり前ではないのだと、それは偉いことなのだと、頑張ったと、とても穏やかな声で言ったヴィンスに、ドロテアの声が詰まる。

どうしようもなく泣きたい気持ちと、感じたことがないくらいに彼が愛おしいという気持ちが溢れてきたからだ。

「犬の騎士の姿に偽っていた俺に真摯な態度で謝罪したところも、ディアナのために必死に情報を集めたところも、他人の気持ちを優先できるところや、男慣れしていなくてすぐに照れるところ、それなのに変に欲求には忠実だったり……言い出すとキリがないが、ドロテアの全てが愛おしい」

「……っ」

「だから、早く俺を受け入れろ。過去のことを笑い飛ばせるようになるくらい、愛してやるから」

満天の星の下。地上よりも遥か上。

お姫様抱っこをされたドロテアの顔にゆっくりと近付いてくる、黄金の瞳を持った黒狼。

「あ……ヴィンス、さ、ま……」

それが重なり合うまで後僅か数センチ。ドロテアは受け入れるようにそっと瞼を閉ざした。

──のだけれど。

「あー!!　あそこでお兄ちゃんとお姉ちゃんがちゅーしようとしてる────!!」

「「!?」」

地上からドロテアたちに指を差す少年──鷹の獣人のその場一帯に響き渡るような大きな声に、ドロテアとヴィンスの身体はピシャリと止まる。

その後ヴィンスは「邪魔が入った……」とやや苛立ち、ドロテアは顔全体を真っ赤に染めながら「とにかくこの場所から離れてください……」と懇願するのだった。

その後ドロテアは、ヴィンスに抱き寄せられたまま、自身の部屋の前に送ってもらっていた。

ヴィンスからもう一度祭りに向かう案が出たのだが、ドロテアとしては今の精神状態で祭りを楽しめる気がしなかったからである。

僅かな月明かりが廊下の窓から差す中、ようやく地に足が着いたドロテアは顔だけでなく耳まで真っ赤にして俯く。

ヴィンスはそんな彼女の頭をよしよしと撫でながら口を開いた。

「ああ、そういえば、明日から妃室に移るんだろう？　準備は出来ているか？」

「……は、はい。問題ありません。明日からよろしくお願いいたします、ヴィンス様」

「ああ、こちらこそ」

というのも、現在ドロテアが暮らしている部屋は、最上級の客室なのである。

部屋は広く日当たりは良好で、家具や調度品も一流のものばかりなのだが、今後正式に婚約者となり、後に妻となった際には、ヴィンスの部屋と繋がっている妃室に移らなければならなかった。

……ということで、妻になるのは時間の問題だからと、ヴィンスは妃室の準備をさせていたのだけれど。

求婚された当初は、鍵がついているとはいえ、続き部屋に抵抗があったドロテアはそれを拒否していた。

しかし、ヴィンスと共に過ごすうちに、別に構わないのでは……？　とドロテアは思うようになったのだ。

「ですがヴィンス様、私達はまだ正式な婚約者ですらありませんから、緊急事態じゃない限りは、互いの部屋に入らないと約束してくださいね……！」

「分かった分かった。どうせ半年経ったらすぐに入籍して夫婦になる。そうしたらあの鍵は取るからな。……覚悟しておけよ」

「……っ、分かって、おります」

覚悟の意味が理解出来てしまうことに関して、ドロテアは無知でありたかった、なんて思ってしまう。

（だってつまり、そういうこと、でしょう？）

夫婦になれば殆どの人が通る道とはいえ、ドロテアは未だに胸が熱くなっているからか、つい想像してしまう。

ブンブンと首を振って煩悩を吹き飛ばすが、開いた窓から聞こえてくる「ラビン、本当にもう帰るの？」という声に振り向いた。

「今の声、ディアナ様でしょうか？」

「ああ、どうやらもうラビンと城に戻って来たみたいだな。ディアナは不服そうだが。……あのヘタレめ」

「過保護と言ってあげませんか……？」

　事前にヴィンスから、ラビンの思いについて聞き及んでいたドロテアからは乾いた笑いが漏れてしまう。

　二人は両思いだが、その恋が実るのはまだまだ先になりそうだ。

　ふう、と一息ついたヴィンスは、未だドロテアの頭に乗せていた手を彼女の柔らかな頬へするりと滑らせた。

「とにかく今日は色々と疲れたろ。もう休め」

「はい。ありがとうございま……あっ」

「？」

　そこでドロテアは先程ディアナの声を聞いたことで、ふと思い出した。

　──『星月祭りの日の言い伝えってご存知ですか……？』

（そういえばディアナ様、お茶会のときに教えてくださったわね……）

　その時は新たな知識が増えて嬉しい、としか思っていなかったのだが、今のドロテアの心境はそうではなかった。

「あの、ヴィンス様も今日はもうお休みになりますか？」

「……そうだな。ドロテアのおかげで急ぎの仕事もないし、今日は休む」

「そ、そう、です、か………」

「……？　何だ？　どうした？」

いつもの恥ずかしがっているのとはまた少し違う、何やらもじもじとしたドロテアにヴィンスは不思議そうな表情を見せた。

家族のことで落ち込んでいるわけでも、高所の恐怖が尾を引いているわけでもないその様子に、じいっとドロテアの表情を見つめた、その時だった。

「ヴィンス様……失礼いたします……！」

「……！」

ドロテアの両手がヴィンスへと伸びると、彼のワイシャツの襟をグイと掴んで引き寄せた。

突然のことでヴィンスはバランスを崩すと、腰を曲げるような姿勢になり、まるで先程塔の上にいたときのような顔の距離に目を見開く。

すると、ドロテアの美しいコバルトブルーの瞳に羞恥の色が混ざっているのを一瞬視界に捉えたと思ったら、それはすぐに訪れた。

「…………。は」

ヴィンスから少し間抜けで、それでいて困惑に満ちた声が漏れる。

一瞬だけ、柔らかくて人肌のそれが触れた、自身の黒い耳を確認するように触れれば、同時にドロテアは自身の唇を手で隠すようにしながら口を開いた。

「突然、失礼いたしました……！　けれどその、せっかくですし……」

「ドロテア……お前……」

突然耳にキスをされたヴィンスは、予想外のことで一瞬頬が赤く染まるが、直ぐ様いつもの涼しい表情へ——否、いつもよりも熱を帯びた、それこそ獣というに相応しい表情をちらつかせた。

そのまま一歩ずつ距離を詰めるようにドロテアに近づいていくと、ドロテアも本能的にまずい、と感じ取ったのか後退りをする。

けれど、背中にひんやりとした壁が当たり、目の前にはヴィンス、左右には彼の腕がある状態で、逃げ道などあるはずもなかった。

「あ、あの、ヴィンス様？」

「ドロテア、お前本当に意味を分かってやってるんだな？」

「は、はい。そうだと思いますが。ディアナ様が、ラビン様に聞いたと仰っていましたし。星月祭りの日の言い伝えのこと、ですよね？」

「何？　言い伝え？　ラビンだと？」

言い伝えという言葉とラビンの名前に、ヴィンスのこめかみと耳と尻尾が同時にピクンと揺れる。

（えっ、何か問題が……？）

そのままの姿勢で何やら考え始めたヴィンス。

ドロテアはどうしたのだろうとヴィンスを見つめていると、彼から何とも重たい溜め息が漏れたのだった。

「因みに聞こう。ラビン――いや、ディアナは何と？」

「星月祭りの日に大切な人の耳にキスをすると、その人が少しだけ幸せになれる、言い伝えがあると」

「……ハァ。なるほど。そうか、そういうことか」

「えっ？　もしかして違うのですか？　私の聞き間違いでしょうか？」

「いや、そうじゃない。ラビンはディアナに間違ったことを敢えて教えたんだろう。確かに星月祭りの日に耳にキスをすると、という話はあるが、そもそも言い伝えという感じでもないしな。……まあ、天使だの女神だのと思っている相手に、あまりこれは言えないだろうが」

「…………つまり……？　どういうことでしょう？」

――清らかと思っている相手にこそ言えないということは、もしかして少し不埒なものなのでは？

そんな考えが頭に過ったドロテアだったが、ヴィンスに壁際に追い込まれた状況では、それほど頭が早く回らなかったため答えには辿り着かなかった。

ただ、知的好奇心の塊のドロテアはその答えが気にならないはずはなく。

「知りたいよなぁ、ドロテアなら」

ヴィンスはドロテアを射止めるような鋭い目で見下ろすと、肘を曲げてぐぐっと顔を近付ける。

ドロテアの体がぴくっと動いたことにヴィンスはクックッと喉を震わせつつ、鼻先が当たりそうな距離まで詰めると、ニッと笑ってから彼女の耳に唇を寄せた。

「本当の意味を教えてやろう。星月祭りの日、愛する人の耳にキスをするのは――」

そのとき、耳に艶めかしい温もりを感じたドロテアの鼓膜が小さく震える。ヴィンスの唇から聞こえた、ちゅ、というリップ音によって。

「『今日は一緒のベッドで眠りましょう』という意味だ」

「～～っ!?」

瞬時に理解したドロテアは、ボンッと爆発しそうなほどに全身が羞恥に染まる。

そんな中、ヴィンスは未だにドロテアの耳に唇を寄せたまま、追い打ちをかけたのだった。

「つまりお前から誘ったんだぞ、ドロテア。……ベッド、連れて行ってやろうか？　付いてくるなら好きなだけ耳と尾を触ると良い。……まあ、その代わり俺も触るがな」

「……っ!!　全ては私の確認不足による不徳の致すところですのでご容赦くださいおやすみなさいませ!!」

ぴゅーん。そんな効果音が付きそうなほどの勢いで、一度しゃがんでヴィンスの拘束から逃げ出したドロテアは自室に入って行った。

そんな中、バタンと閉められた扉を視界に収めながら、ヴィンスはぽつりと呟く。

「――ドロテアは、俺の理性を殺す気か。……にしてもラビンの奴、明日会ったら絶対に倒れるまで仕事を回してやる」

　その時、くしゅっと、ラビンがくしゃみをしたのはまた別の話である。


　一方その頃、サフィール王国のランビリス邸では。

「な、何よこの手紙……っ!!」

　それは湯浴みの直後、シェリーが窓を開けて涼んでいるときのことだった。

　婚約者であるケビンからの手紙が夕方頃に届いていたことを思い出したシェリーは、一枚を上から下まで一通り読み終えた。

　そして直後、まるで見たくないというように、その手紙をテーブルに叩きつけた。

「有り得ない……!!　どうして私が、どうして!!」

　先日、シェリーはケビンからかなりの叱責を受けた。

　しかし、未だに自身がしたこと——つまり、獣人国の件をドロテアに押しつけたことで、ドロテアという非常に優秀な女性が他国へと渡ってしまったことの重大さを理解していないシェリーにとっては、それは不愉快で仕方がなかった。

　しかも馬鹿女と言われ、聖女のシェリーよりも売れ残りのドロテアが必要とされるようになるとまで言われたのだ。

それに加えて、父からは聖女の称号が無くなるという噂話まで聞いてしまったシェリー。

いくら馬鹿なシェリーでも、流石にこの状況は良くないということは、感覚的に理解していた。

そんなときに送られてきたケビンの手紙。

前回の暴言に対する謝罪の手紙か、愛しているよと囁くような甘い手紙かと、そう思っていたというのに。

「建国祭への参加は認めないって何よ……っ、今後は、その他の社交界にも国王からの許しが出るまで参加することは許可できないから、家で大人しくしていろ？　というか家から一歩も出るな……？　私が何をしたって言うのよ……!!」

シェリーはあまりの苛立ちに、部屋の入口付近に飾ってあった花瓶を手で払って床にぶちまけた。

ガシャンと派手な音を立てて割れる花瓶に、そこから投げ出される水と花。シェリーは、スリッパを履いた足で花をぐりぐりと踏みつけた。

「これも全部お姉様のせいだわ……!!」

手紙には他にもつらつらと、如何にドロテアが優秀か、彼女が他国の妃になることがサフィール王国にとってどれだけの損失であったかが綴られている。

そんなドロテアが獣人国に嫁ぐ原因となったシェリーにはそれ相応の罰が必要とされたが、まだその全ては確定していないらしい。

そのため、まずはこれ以上問題を起こさないように家で大人しくしていろ、という謹慎命令が出たわけだが。

「シェリー！　さっきの音は何だ⁉」

「シェリーちゃん大丈夫なの⁉」

花瓶が割れる音が相当響いたのだろう。

急いで部屋に入ってきた両親を、シェリーはキッと睨み付ける。

そして同時に、強風が吹き荒れた。涼むために窓を開けていたシェリーの部屋にも強風が入り込み、一同はきゅっと目を瞑る。風が止むと、母が急いで窓を閉めた。

「それでシェリー、これはどうしたんだい？　お前が割ったのかい……？」

「どうしたもこうしたも‼　お父様もお母様もこの手紙を読んでくださいまし‼」

「えっ？　あ、ああ」

テーブルのほうに手紙を取りに行ったシェリーは、ケビンからのそれを父に手渡す。

母も覗き込むようにして最後まで読み終われば、二人の顔色は少しずつ悪くなっていった。

「貴方、こ、これは……」

「これはまずいかもしれんな……以前殿下が来たときにドロテアや獣人国の話は聞いたが、まさかここまで大事だとは……」

両親もこのとき初めて、ドロテアが居なくなったことがサフィール王国にどれだけ損失を与えるか実感することとなる。

ただ、簡単な手続きにも手こずり、貴族ならば子供でもできるような旅費の計算が出来ないのだ。いくら文面でドロテアが聡明であると書かれていても、あの子はそんなに凄いのか？　……と驚くばかりである。

「おかしいわよね!?　売れ残りのお姉様の方が大事みたいな……そんなの、おかしいわよね!?」

「そ、そうだねシェリー。だが、王家の命令は絶対だろう？　それにほら、自宅謹慎と言っても、お前が暇にならないように色々と考えるから……」

「けれど貴方！　この手紙によれば、自宅謹慎は咄嗟の処置で、それ以上の罰が下るかもしれないわ……！」

それ以上の罰なんて、腐るほどあるだろう。

それに、現時点でシェリーはケビンの婚約者だ。重大な問題を起こした上に、婚約者に選ばれた一番の理由である聖女の称号が無くなるとなれば、導き出される答えは一つだった。

「もしかして……婚約破棄なんて、ことには」

「……!?　お父様何を言っているの!?　ケビン様が私のことを棄てるな、ん、て……」

以前の彼の態度、そしてこの手紙の内容。

流石のシェリーでも絶対に無いとは言い切れなかったのだろう。

言葉を詰まらせ、下唇を噛み締める。大きくてくりっとした目をキッと吊り上げ、眉間にしわを寄せる姿は聖女とは程遠かった。

「どうして!? 皆、今まで私のことを可愛いってちやほやしてきたじゃない!! 聖女様聖女様って、崇めたじゃない!! なのに何で……!? 何でそんな私が、売れ残りのお姉様のせいで婚約破棄されなきゃいけないの!?」

「シェリー……婚約破棄はまだ決まったわけじゃあ――」

「煩い煩い煩い!! お父様もお母様も何よ!! さっさとこの状況をどうにかしてよ!! 私は可愛いの!! だから誰よりも大切にされるの! 特別なの!! お姉様が幸せになって私が不幸になるなんて許さないいんだから――」

怒りに満ちたシェリーだったが、そこでハッとした。

彼女にしては珍しく、名案が思いついたのである。

急ににこりと微笑んだシェリーに、両親の背筋がゾクリと震えた。

「ねぇお父様? 建国祭の日のパーティーの招待状って、既に届いていましたわよね?」

「ああ、だがシェリーは参加できな――」

「私! なんと言われても参加しますわ? だって招待状はあるんだもの! 大勢が集まる建国祭のパーティーなら、招待状さえ持っていれば入るのは容易いわよ!」

「いや、そうかもしれないが……どうしてそんなにパーティーに行きたいんだい?」

シェリーは昔から我儘だった。自身の考えが正しいと思い込み、なまじ望みを叶えてきただけに厄介な性格だった。

だが、今までならばその意図を両親は一応理解できていた。何かがほしい、何かが気に食わない、そんな単純な理由だったから。

けれど、今のシェリーの内心は、両親にも一切読めなかったのだ。

「ケビン様からの手紙にはこうも書いてあるわ？　建国祭のパーティーに獣人国の王とお姉様も招待するつもりで、そこで王族として謝罪するつもりだから、って」

「つ、つまり？」

「だからね？　今回のことは私が悪いらしいじゃない？　だったら、私が直接出向いて、しっかりと謝罪するほうがこの国のためになるんじゃないかしら？」

ふふっ、と笑みを浮かべてそういうシェリーに、両親は一瞬顔を見合わせると、頬を綻ばせた。

「そ、そういうことかシェリー！　確かにその方がことは丸く収まるかもしれないな！　お前の罰も減刑されるかもしれないし、素晴らしい案だ……！」

「そうでしょう？　私は貴族の娘として、しっかりと義務を果たすわ？」

過去、全ての失態の尻拭いをドロテアにさせていたことなど忘れたというように、そんなことを言うシェリーは、まんまと乗せられた両親にバレないよう、俯いてほくそ笑んだ。

（私が謝る？　そんなことするはずないわ？　だって私は何も悪いことはしてないんだし？　というより、悪いのは全部ぜーんぶ、お姉様だもの！）

「いやぁ、良かった良かった」なんてほっと胸をなでおろしている両親とは裏腹に、シェリーの内心はどろどろとした感情で覆われている。

生まれてこの方、常にドロテアよりも求められてきたのだ。可愛いからと持て囃され、崇められてきたのだ。

そんなシェリーが今更、国のためだなんて殊勝な考え方などするはずがなかった。

(絶対お姉様だけ幸せになんてしてあげない。私が婚約破棄されるっていうなら、お姉様から奪っちゃえば良いのよね? ふふ、可愛いって、罪よね。簡単に人の幸せも奪えちゃうんだから)

シェリーはニタァと、口元に弧を描いてから、テーブルに叩きつけた手紙を引き出しへと戻す。

先程まで開いていた窓。その外の木に、もう一枚の手紙が引っ掛かっていることに気付きもしないシェリーは、建国祭での未来を想像して笑みが止まらなかった。

第十二話 ✦ 有能な侍女、見参

「ドロテア様！　昨晩の星月祭りはいかがでしたか!?　陛下と楽しまれました？」

「そ、それは…………」

星月祭りの次の日の正午、ドロテアは妃室で昼食を摂っていた。

使用人たちがドロテアに快適に過ごしてもらうために準備してくれた妃室はなんとも心地よい。

ドロテアが可愛いものに目がない、というのは使用人たちにバレているらしく、今までの部屋よりもかなり可愛らしい仕上がりだ。

薄ピンクのふわふわとしたクッションや、白を基調とした可愛らしい丸いテーブル。ナッツ曰く、ヴィンスの指示によって部屋に大量に置かれている動物たちのぬいぐるみ。

（ヴィンス様、自分以外のお耳や尻尾は触ってはいけないと言っていたから、もしかしたら、せめてもの贈り物なのかもしれないわ……）

……つまり、ヴィンスが居ないときにどうしてもモフモフしたいときは、部屋のぬいぐるみを触れということなのだろう。

（……ふふ、ぬいぐるみを置くよう指示をしているヴィンス様を想像すると、なんだか可愛い）

――と、部屋の印象はさておき。

ドロテアは昨日の星月祭りのことを思い出し、頬を真っ赤にしながら口を開いた。

「ええ、そうね……色々勉強になったわ」

「流石ドロテア様です！　お祭りの際にも知識を蓄えるだなんて！　本当に尊敬します……！」

「あ、ありがとうナッツ」

あまりに純粋な心で褒めてくれるナッツにドロテアは居た堪れなくなって、紅茶をゴクリと一口流し込む。

（学んだことといえば……ヴィンス様は夜目が利くということと、足が速いだけじゃなくて跳躍力もとてつもなく凄いこと、耳へのキスの本当の理由と、耳に触れたヴィンス様の唇が柔らか、かっ、た……。～～っ!!）

――いや、思い出すのは止めよう。昨日もドキドキのあまりよく眠れなかったというのに、このままでは午後からの仕事にも差し支えそうだ。

ドロテアは昨日のことを一旦頭の端に追いやると、ナッツにも同じ質問を返したのだった。

「ナッツは？　星月祭り、楽しめたかしら？」

「はいっ！　露店でたーくさん、た――くさんっ！　美味しい物をいただきました……！　おかげで先月のお給金は残り少しですが……後悔はありません！」

頰をぷっくりと膨らませ、嬉しそうに尻尾をブンブンと振るナッツ。

あまりの可愛さに、ドロテアはニヤける口元を手で押さえた。

（か、可愛い……!!　尻尾ぶるんって！　ああ、もふもふしたい……一度で良いから顔を埋めたい……）

とはいえ、ヴィンスからの命令があるためそれは叶わないのだが。

わざわざ部屋にぬいぐるみを用意してもらったこともあるし、ドロテアは寝る前にぬいぐるみをもふもふしてこの欲求を鎮めようと胸に決めた。

「そういえばドロテア様、一つお話がっ！」

「何かしら？」

おかわりの紅茶を入れるナッツにそう言われたドロテアは、はて、と小首を傾げた。

「今日の夜――というより、新月の夜の陛下についての話です！」

「新月の夜のヴィンス様について？　というと？」

新月の夜と言われても、思い当たるフシはない。

知識の塊のドロテアが知らないということは、獣人国内でしか広まっていないようなものなのか、はたまた王城内でしか広まっていないようなものなのだろうか。

どちらにせよ、ヴィンスに対してのことならば特に知りたいと思うドロテアは、ナッツに詳細を尋ねようと思ったのだけれど。

――コンコン。

「失礼いたしますドロテア様！　まだ休憩中だというのに申し訳ありませんが、至急来てください……！」

「えっ」


ラビンに急遽呼び出されたドロテアは、おかわりの紅茶をとりあえず流し込むと、ヴィンスについての疑問を持ちながらも、ラビンの後を追った。

そして執務室に到着すると、大量の書類に絶望するように机に項垂れる文官たちの姿に、ドロテアは目を瞬かせたのだった。

「こ、これは一体……午前中はこんな有様ではなかったような……」

「ドロテア、俺から説明する。とりあえずこっちに来い」

執務室の最奥、ヴィンスの席の前まで周りを見回しながら歩いて行く。

昨日は全員で早めに仕事を切り上げ、星月祭りを楽しむぞ～と目をキラキラ輝かせていた姿は、今日は見る影もなかった。

「それで、ヴィンス様これは一体……？　この大量の書類はどうしたんですか？」

「ドロテアを昼食休憩に下がらせた直後、大量に書類が届いてな」

「な、なるほど？　中を確認しても宜しいですか？」

「ああ、説明するよりも、ドロテアなら見たほうが早いかもな」

（あれ？　なんだかヴィンス様、体調悪そう……？）

今朝は気にならなかったのだが、ヴィンスの声にはやや覇気がない。なんだか目に力強さもなく、大量の書類を前にして疲弊しているのだろうか。

（……だとしたら侍女として、そして未来の妻としてヴィンス様をお支えしたい）

ドロテアはよし、と意気込むと書類のいくつかに目を通す。

するとドロテアは、瞬時に大量の書類の内容を理解したのだった。

「国境を警備する騎士たちからの新調したい武器を記した注文書に、野営のときの食料調達費の請求書、戦闘時の報告書の数々なのですね……しかしこの数は……複数人の辺境伯様が送ってきたタイミングが重なってしまったようですね」

「そういうことだ。近々、一部の騎士が王都に戻って来てまた手続きがあるからな。この書類に時間をかけている暇はない」

獣人国レザナードは、サフィール王国の守りを担っている。つまり、レザナードに攻めてくる敵だけでなく、サフィール王国に攻めてくる敵とも交戦するため、他国よりも戦闘回数は多いのである。

そのため、国王の指示がなくとも、余程大きな戦争でない限りは国境付近にいる各辺境伯が騎士たちに指示し、現場で対応できるというシステムになっているのだ。

これも獣人たちの強さゆえ、被害がほとんど出ないから出来ることなのだが。

そして今大量に送られてきた書類の数々は、その辺境伯たちから送られてきたのものだ。

偶然が重なったせいで各地からの書類が一斉に来てしまったわけである。

「このままではこの大量の書類だけで三日はかかる。ドロテア、悪いが力を貸してくれ」

「それはもちろんです。まず仕分けをして、優先順位をつけましょう。そこから一つ一つ丁寧に、ミスのないよう処理するのが結局は一番の近道ですから」

「…………ああ、助かる」

やはりヴィンスの声に覇気はない。ドロテアにはそれが、ただの疲れだとは何故か思えなかった。

(ヴィンス様、やっぱりなんだか元気がない気が……体調が優れないけど、皆さんがいる手前隠していらっしゃるのかしら……)

――だとしたら、一分でも一秒でも早く休ませてあげたい。

ドロテアはその一心で、一瞬目を閉じて仕事の段取りを頭の中で組み立てる。今日が新月であること、ナッツがそのことについて何か言いかけていたことは一旦頭の端に追いやり、すぐに書類に取りかかるのだった。

——そうしてすっかり夜が更けた頃。

「きゅ、救世主だ……！　ドロテア様はやっぱり我々の救世主だ～!!」

「ありがとうございますドロテア様……!!」

執務室に処理済みの書類が綺麗に整頓されている様子に、文官たちは口々にドロテアに感謝を述べた。

逐一調べながら進めないといけない書類が、ドロテアの知識によって数段早く進められたからである。

「いえ、皆さんのおかげですよ。お仕事お疲れ様でした」

そして、文官たちへの挨拶もそこそこに、ドロテアは部屋を出た。

日が沈む直前、良く見なければ気付かないほどのややふらついた足取りで執務室を出ていったヴィンスに会いに行くために。

第十三話 ✦ 狼と月

ヴィンスは、家臣たちが必死になって働いている最中、自分だけ休憩を取る人間ではない。ましてやサボるだなんて以ての外だ。

そんな彼が、月が昇る直前に執務室から出て行ったことには、何か理由があるのだろう。

（執務室を出て行かれるとき、済まないが後は頼んだと仰っていたわね……）

あの言いようからすると、今日はもう執務室に戻らないのだろう。おそらく今日は休むという意味と捉えていいはずなのだが、ドロテアの脳裏にはとある疑問が過った。

（気丈に振る舞っていたから、誰もヴィンス様の異変に気付かなかったのかしら。……特にラビン様。ヴィンス様とは幼馴染だというし、気付いても不思議じゃないのに。……それとも、体調不良の原因を知っている？　……もしかすると、風邪や病気ではない何か特別な事情があるのかしら）

静まり返った廊下を歩きながらそんなふうに考え込むドロテアだったが、そのとき昼間のナッツの言葉を思い出し、ハッと目を見開いた。

「新月の夜……ヴィンス様……そして体調不良……」

もしかしたら、これら全てが関係しているのかもしれないと予想を立てたドロテアは、足早にヴィンスの部屋へ向かう。

ナッツには今日は下がって良いと伝令してあるし、文官たちも疲労困憊の様子で尋ねる雰囲気でもないため、その真意を定かにする方法は、ヴィンスに会うことだけだ。

（それに何より、心配だわ……もしも本当にただの体調不良で、それを周りが気付いていないだけというならば、お医者様を呼ばないと。それに看病だって）

ヴィンスのために出来ることは、なんだってしたい。

だからドロテアは、彼に頼まれた仕事をしっかりと終わらせてからこうやって部屋に向かっているのだ。

……本当は、フラフラとした足取りのヴィンスにどうしたのか尋ねて、部屋までついていって、可能ならば側にいたかった。けれど、国王であるヴィンスの望むところは、そうではないのだろうから。

ドロテアはヴィンスの部屋の前に到着すると、眠っていたら悪いため、控えめなノックをした。

「ドロテアでございます。書類の処理は無事完了いたしました。……ヴィンス様、お加減はいかがですか？」

「………………」

返答がないため、眠っているのだろうかと思ったのだけれど。

――パリーーン!!

「……！　今の音は……！」

花瓶や皿の類だろうか。ヴィンスの部屋から何かが割れる音が聞こえたドロテアは、緊急事態だったら大変だからと、咄嗟にドアノブに手を掛けた。

「……っ、鍵が……!!」

いつもなら居るはずの騎士も何故か今日はおらず、ドロテアはどうしようかと即座に思案した結果、急いで隣の自室へと入る。妃室はヴィンスの部屋と続き部屋になっているからだ。

「あれだけ部屋には入らないよう言った手前申し訳ないけれど、背に腹は代えられないわ……！」

続き部屋にある鍵は、妃室側についている。

つまり妃室からならば、自由にヴィンスの部屋に出入りすることが出来るのだ。

「申し訳ありませんが入室させていただきます……！」

そう、声をかけたドロテアは、ガチャリと鍵を回した。

そして、自由に動くようになったドアノブをくるりと回すと、勢いよく扉を開けたのだった。

「……えっと、ヴィンス、様……？」

新月のため真っ暗な部屋。ヴィンスの枕元の明かりもなく、問いかけに対する返答もない。

（もしかして、意識がない……!?）

ドロテアは自室から急いでランプを持ち出すと、早急にヴィンスの部屋へと戻り、ベッド付近まで歩いて行く。

　すると、足元を照らしているランプの光によって、床に落ちて割れている花瓶が目に入った。

（これが……さっきの割れた音の正体ね）

　窓は閉め切ってあり、誰かが侵入した様子はないため、何かの拍子に落としてしまったのか。

　ドロテアはランプを足元から胸下あたりに持ってくると、花瓶の破片を踏まないように気をつけながら、ヴィンスの枕元まで歩き、そして声をかけた。

「あの、ヴィンス様……？」

　布団の形状から、彼がベッドにいるのは分かる。だが、頭まですっぽりと入っているため、その様子を窺い知ることは出来なかった。

「突然入って申し訳ありません……執務室で体調が悪そうだったことが心配だったのと、花瓶の割れる音を聞いて咄嗟に入ってしまいました」

「…………っ、今日の夜は絶対に俺の部屋に入るなと、誰かに言われなかったのか」

「えっ……」

　やっと聞こえたヴィンスの声は、弱々しく吐息交じりだ。やはり体調が悪いのかと思いつつ、ヴィンスの質問に答えようとした矢先だった。

（あれ……？　何か……。……！　そうだわ……！）

　ドロテアはそのとき、ヴィンスの違和感を見つけてしまったのだ。

彼を包む布団はそれ程厚くないというのに、布団の上からそれの形が一切浮き彫りにならなかったから。

「ヴィンス様……可能であれば、お姿を見せて頂けませんか……？」

「……何故だ」

「以前、ヴィンス様は私のことを観察力が優れていると仰ってくださいましたよね？　……それが答えではいけませんでしょうか？　それに、何より――」

「…………分かった」

ドロテアの言葉を遮ったのは、掠れたヴィンスの声だった。

ヴィンスは少しだけ身動ぐと「あまり見せたくなかったが」とポツリと呟いて、ゆっくりと上半身を起き上がらせる。

そのせいで頭まで被っていた布団は彼の太腿あたりにまでパサリと落ちた。

予想していたとおりだったというのに、目の前に映るヴィンスの姿に、ドロテアは僅かに目を見開いたのだった。

「驚いたか？　ただの人間の姿の俺は」

目を見開くドロテアに対して、ヴィンスは言葉を続ける。

「驚くのも無理はないな。どの文献にも書いていなかっただろう？　獣人が人間の姿に変化するなど」

艶やかな黒髪からひょっこりと見えていたはずの獣の耳と、真っすぐでふさふさの尻尾がないその姿は、ヴィンスが言う通り、ただの人間だ。

普段よりも素早く瞬きを繰り返すドロテアに、ヴィンスは気まずそうに目を伏せる。

（ヴィンス様は、そんなにこのお姿を見せたくなかったのかしら……）

確かに突然のことで驚いてはいるが、ヴィンスであることには変わりないというのに。

どころか、ドロテアからしてみればそれよりも重要なことがあったから。

「その、お姿の件はとりあえず置いておくとして、体調は大丈夫ですか？　お熱はありますか？　身体は怠くないですか？　水分は取れていますか？　それと——」

「…………普通、聞くのはそこじゃないだろ」

ヴィンスは一瞬瞠目してから「お前はそういう女だよな」とポツリと呟いて、喉をクツクツと鳴らし始める。

そんなヴィンスの笑みにはドロテアの優しさに対する愛おしさが含まれていた。ドロテアはそのことに気づかなかったけれど、彼に笑える余裕があることにホッとするばかりだった。

そんな中、急にドロテアの手からランプを奪ってベッドサイドに置いたヴィンス。

それからドロテアの空いた手をぐいと引き寄せて前屈みにさせると、彼女の腰を掴んでひょいと持ち上げた。

太腿辺りに向かい合わせで跨がる体勢になったドロテアは、一瞬ぽかんとしてから、すぐさま顔から火が出るほどに羞恥を露わにしたのだった。

「ヴィ、ヴィンス様……!?　いくらなんでもこの体勢は……！」

「男の部屋にのこのこ入って来たんだ。これくらいは覚悟していただろ」

「……っ、のこのこ入ってきた訳ではありません……！」

顔を真っ赤にしながら、自身の上で緊張気味な声を出すドロテアも悪くない。

内心そんなことを思いながらも、ドロテアの瞳に憂いがあることに気付いているヴィンスは、「どこから話すか」と口火を切った。

「……本音を言えば、体調は少し悪い。熱はあるし全身怠いし頭痛もある……が、医者や薬でどうこうなるものでもない。ただ、これは日が昇れば直《じき》に治まるから心配はいらん。それと、花瓶が割れたのはお前が訪ねてきたことに驚いて、偶然腕が当たっただけだ。怪我はしていないから、心配するな」

「か、かしこまりました。えっと、その体調不良というのは、新月や、今のお姿になっていることにも関係しているのでしょうか？」

「……ああ、そうだ」

頷くヴィンスに、ドロテアは視線をやや上に向けて考え始める。

ヴィンスの体調が何よりも心配だったが、どうやら大病などではないらしい。

ドロテアは、大きな心配はいらないと分かるや否や、人間の姿になったヴィンスの変化に、完全に思考を奪われていた。

そのため、今の体勢についても忘れてしまっているよう、なのだけれど。

——この体勢を気にされないのはそれはそれでムカつくが。

ヴィンスはそんなことを思うが、今はそれどころではないかと口に出すことはなかった。

「もうこの際だ、説明しておく」

とある理由でこの姿をドロテアに見せたくなかったヴィンスだったが、もう見られたのなら隠す必要はないだろう。

それに、ヴィンスはドロテアを一生手放す気はないのだから、話すのが少し早くなっただけのことだ。

少なくとも結婚してから話すつもりでいたヴィンスは、ズキズキとした頭痛に表情を僅かに歪めながらも、吐息交じりの声で話し始めた。

「最初に、狼の獣人は毎月、新月の日になると体調を崩す。そして日が完全に沈むと獣人ではなく、ただの人になる。……今のようにな」

「つまり、ディアナ様もということですか？」

「そうだ。この現象を知っているのは、この城に居る者だと、ラビンと側近の何名かくらいか」

「なるほど……」と返事をしながら考え込むドロテアは、そういえばと思い出した。

確かに今日、日中に会ったディアナはどこか元気がなさそうだった。早めに休むと言っていたため、それ程心配はしていなかったのだが、どうやらヴィンスと同じ理由で体調を崩していたらしい。

今さっきまで共に机に向かっていたラビンも「早く終わらせなきゃ」と何度も呟いていたことから、もしかしたらディアナの様子が心配だったのかもしれない。

「他の家臣や使用人たちには、新月の日の夜は俺とディアナの部屋には指示された者以外近付くなと言い渡してある。……ドロテア、お前のメイドからは、何も言われなかったのか」

「話の最中でラビン様が部屋に入ってこられて、そこからずっと執務室でしたので」

「……ハァ、ラビンの奴、本当に間の悪い」

互いに何故この状況に陥っているか、大方理解したドロテアとヴィンス。

頭の中を整理するドロテアに対してヴィンスは熱のためか軽く汗をかいており、ぺたりと額にくっつく前髪が邪魔だったらしい。

片手で乱雑に前髪を掻き上げてから、ヴィンスは再び口を開いた。

「先王曰く、獣人が誕生した頃から、狼の獣人にはこの現象が起こるらしいな」

「……！　原因は分かっているのですか……？」

「……おそらく、狼と月が密接に関わっているからだろう」

「狼と月……それなら過去に調べたことがあります」

狼は満月の夜になると普段よりも凶暴になり、新月の夜になると弱体化するという文献を、ドロテアは何冊か読んだことがあった。

（けれど確かに、それだと今の状況と合っているわね。体調も悪そうだし、人間の体のほうが脆弱なのは間違いないもの）

しかしドロテアは、そこで一つ別の疑問を持った。

（それなら、満月の夜にも何か変化があるのかしら……。けれど、私が獣人国に謝罪に訪れて求婚された日は確か満月だったはず……。大して変わった様子はなかったように思うけれど）

そんなことを考えるものの、体調が悪いヴィンスに、今わざわざ聞く必要はないだろう。

ドロテアはそう思って疑問を胸にしまうと、自身が趣味で調べていた獣人国の歴史について思い出した。

——獣人国の初代王は、狼の獣人だったという。

圧倒的な怪力とカリスマ性で、一代で獣人国を作り上げたとか。

しかし、そんな狼の獣人はあまり繁殖力が強くなかった。——否、厳密に言えば、狼は番だと決めた相手だけを愛し抜く一途な動物なため、一夫多妻制の国の王と比べると、それ程多くの子を成すことはなかったのだ。

そのせいもあってか、狼の獣人の数は年々減少していき、現在では王家の者のみとなったことは有名な話だ。

「ディアナはまだしも、獣人国の王であり、強さの象徴である俺が月に一度人間になるなどと民に知られてしまえば、不安にさせてしまう。それに他国にバレでもしたら大問題だからな。……この

伸ばす。
「それはもちろんでございます。打ち明けてくださって、ありがとうございます……ヴィンス様」
どこかまだ憂いを孕んだ瞳ではあるものの、ふんわりと笑うドロテアに、ヴィンスはそっと手を
ことは他言無用で頼むぞ、ドロテア」

滑らかな頬に熱っぽい指を滑らせれば、ドロテアの身体はぴくんと跳ねた。

熱のせいもあるのか、普段よりも蕩けるような瞳を向けてくるヴィンスに、ドロテアはゴクリと生唾を呑んだ。

「あ、あの、お話も終わったようなのでそろそろ下りても……？」

「だめだ。ドロテアは、病人の頼みを断るような非道な人間じゃないだろう？」

「心配しなくても良いって仰ってませんでしたか……!?」

「さあ？　熱のせいで忘れたな」

ああ言えばこう言う。意地が悪い言葉を並べるが、その内容があんまりにも甘いものだから困ったものだ。

「……っ、それならせめて、一つだけ質問に答えていただけませんか？」

その話題を切り出したのは、半分は甘い雰囲気から逃れるため。もう半分は本当に疑問に思ったためだ。

おずおずと口を開くドロテアに、ヴィンスは耳を傾ける。

「ヴィンス様は先程、今の姿をあまり見られたくないと仰いました。それなのに、何故ヴィンス様は私に直接、今日は絶対に部屋に入るなと言わなかったのでしょう?」

ヴィンスの体調は、朝はそれ程酷くなかったように思う。毎月、新月のたびに身を隠すのだとしたら、そのサイクルも把握していることだろう。

それにヴィンスは今まで、ドロテアに対して全くと言っていいほど隠し事はしなかった。言動で全て伝えてくれた。

それなのにどうして、今回ばかりは言わなかったのだろう。

(ヴィンス様の気持ちが……知りたい)

相手の心の機微など、いくらドロテアでも完全には分かるはずがない。それも複雑な感情なら、なおさら。

真剣な瞳で問いかけてくるドロテアに、ヴィンスは少し沈黙を挟んでから、重たい口を開いた。

「……そうだな。お前にこの姿を見られたくないと思いつつも、心の何処かで、この姿をお前に受け入れてもらいたいと思っていたからかもな」

「……!」

獣人国の王であるヴィンスにとって、ただの人間の姿——しかも弱っている姿は、あまり見せたいものではなかったのだろうか。それとも、この姿を見たら、何かが変わってしまうと思ったのだろうか。

（どうして……。だって、ヴィンス様には変わりはないというのに。それに私はただの人間。そりゃあヴィンス様の姿には驚いたけれど、人間の彼を不満に思うことなんてないのに）

獣人として、そして男としてのプライドだろうか。それとも正式な婚約者でもない相手への線引きだろうか。

見られたくなかった理由は色々考えられるが、ドロテアはどれもしっくりこなかった。

「悪かったな。さっきのはただの戯言だ、忘れろ」

「それは……無理な相談ですわ、ヴィンス様。私は納得出来ないことを、そのままにしておくことが出来ない質なので」

知的好奇心が豊富なドロテアだ、疑問をそのままにしておくなんてことは、出来なかった。

何より、ヴィンスのことだから。

ドロテアはヴィンスの片手に両手を伸ばすと、ギュッと握りしめた。

「どうして、私が今のお姿のヴィンス様を受け入れないと思ったのですか……？」

「……。答えてやってもいいが、笑うなよ」

「えっ？　あ、はい」

（笑う？　どうして？）

ヴィンスは意地悪は言うが、それ程冗談を多く言う方ではない。

ヴィンスの意図が読めないドロテアはとりあえず真剣に聞こうと、彼の手を取ったまま少し前傾姿勢になると、彼がおもむろに口を開いた。

「……お前は、俺たち獣人の耳や尻尾が好きだろう」

「…………………。は、はい？」

「それに俺は言った。お前が俺の妻になるなら、好きなときに耳と尻尾を触らせてやると」

「……えっと、つまり……」

「……ドロテアが見た目や種族で態度を変える人間だとは端から思っていない。……だが、耳と尻尾がない俺の姿を見て、お前がほんのすこしでも残念に思うかもしれないと思うと、見せるのを躊躇った」

間抜けと言われても仕方がない程度には、ドロテアの口はぽかん、とだらしがなく開いた。

（え？　え？　でもだって、ヴィンス様いつもは……）

ヴィンスはいつも自信満々で、凛としていた。ドロテアが直接好きだと言わなくとも、その思いを察して、待ってくれていた。

早く好きになれだなんて言いつつも、彼の黄金の瞳はドロテアの感情をすべて見破っていたというのに。

（不安に、なったの？　ヴィンス様が？）

そんなヴィンスに対してドロテアの中で芽生えた感情といえば、恥ずかしさのせいで好きだと伝えられていないことで、彼を不安にさせてしまったことへの申し訳無さ。……それと、もう一つ。

（な、何だろう……ヴィンス様が、可愛い……）

ヴィンスの頬がほんのりと色付いていることが、ランプの光で分かる。いつもの蠱惑的な表情は影を潜め、やや眉尻を下げて気まずそうにするところなんて、まるで別人のようだ。

ちらりとこちらを見て、「何だ」と尋ねてくる声も覇気はなく、ドロテアの胸の辺りは何故かきゅんと音を立てた。

（いつもとは違うヴィンス様を知れるのが、こんなに嬉しいなんて……）

もちろん申し訳無さはある。けれどそれよりも、いつもと違うヴィンスを見られたことが、彼の意外な感情を知れたことが、あまりにも嬉しすぎて、ドロテアはついつい口走ってしまったのだった。

「私は何も、ヴィンス様のお耳や尻尾にだけ惹かれたわけではありませんわ。……ヴィンス様のお優しいところ、少し意地悪なところ、国や民のために毎日頑張っていらっしゃるところ、一途に、愛を伝えてくださるところ。全部、全部――。だから、姿形が変わったって、私はヴィンス様のことがす――」

――そこまで言って、ドロテアは口を閉ざした。

目の前のヴィンスの目が見開いて、黄金の奥にほんの少しの欲情が垣間見えた気がしたから。

「あっ……ちがっ……今のは……その……っ！」

「俺のことを――何だ？　さっさと言え、ドロテア」

ヴィンスの手を掴んでいた両手が、いつの間にやら空いている方のヴィンスの手によって包み込まれてしまう。

ドロテアが前傾姿勢になっていたこともあって、ヴィンスが少し体を前に傾けるだけで距離は縮まり、鼻先が今にもくっついてしまいそうな距離にドロテアはひゅっと喉を鳴らした。

「いけません、ヴィンス様……っ」

「……何がいけないんだ。あんなに煽るようなことを言っておいて」

ニンマリと口元に弧を描くヴィンス。ドロテアが何を言おうとしたかなど、お見通しなのだろう。

ヴィンスの蠱惑的な瞳が目の前にあるドロテアは、羞恥のために顔を遠ざけようと腰を反らせた、のだけれど。

「一つだけ、良いことを教えてやろうか」

いつの間にかヴィンスの手によって両手首を拘束されたドロテアの身体は、一瞬にしてベッドへと縫い付けられた。

掴まれた手首が熱い。熱があるのだから早く休むようにと、ヴィンスを諭さなくてはいけないというのに。

「いくら体調が悪かろうが、ただの人間だろうが、お前を組み敷くことくらいは容易い。……俺を煽った責任、取ってもらおうか？」

こちらを見下ろして、余裕有りげにそう言うヴィンスに、ドロテアは心臓を高鳴らせるだけで何も言えなくなった。

ドロテアは読書が好きだ。分類に特に拘りがなく、未知なる知識を得られるものならどんなものだって読んできた。

だから、恋愛小説だったり、営みについて詳細に書かれている本だって読んできた。むしろ若干前のめりで。

けれど、ドロテアは分かってしまったのだ。ヴィンスに組み敷かれている状態では、書物から得た知識はなんの役にも立たないのだと。

「……お、たわむれ、は……っ」

「戯れじゃないことくらい、聡明なお前なら分かるだろうに。……惚けて可愛いな、ドロテア」

「と、惚けてなど……っ」

──ギシ。ヴィンスが僅かに体重移動したことで、大人四人程度でも横になれそうなほどに大きなベッドから軋んだ音がする。

その音がやけに厭らしくて、ドロテアはかあっと顔を赤く染めると、目の前にいるヴィンスからぱっと目を逸らした。

「何だ。さっきはあんなに可愛いことを言ってくれたのに、そっぽを向くのか」

「……っ、ヴィンス様、私はまだ、正式な婚約者じゃありませんから、どうか今日は……」

「……フッ。それは、正式な婚約者になったら何をされても良いというふうに聞こえるが」

「……!! 揚げ足を取らないでくださいませ……!」

視界に彼がいなくとも、耳がヴィンスで満たされる。目を逸らしても意地悪な言葉が降り注いできて、ああ言えばこう言われ、ドロテアの万策は尽きた。

(狡い……)

少し視線を下に向ける。汗ばんだヴィンスの姿。夜着の胸元が少しはだけている姿なんて目に毒だ。

組み敷く際に捕われた手は力強いものの、どうやったって振りほどけないほどの強さじゃないところが、ヴィンスの一番意地悪なところだろう。

——逃げ出そうと思えば逃げられるだろう?

ヴィンスは、逃げないと分かっていて逃げ道を用意するから狡い。

「ドロテア。逃げないなら容赦しない」

「だ、ダメです……! ヴィンス様は、体調が悪いのですから、お休みにならなくては……」

「お前が癒やしてくれるのが、一番の治療だと思うがな」

「〜〜っ」

再三だが、言おう。ヴィンスはああ言えばこう言う。

「……さっさと目を瞑れ。別に俺は目を開けたままでも構わんが」

「……っ」

そう言って、ゆっくりと顔を近付けてくるヴィンス。

そしてそれは、星月祭りの夜にあとほんの少しで触れ合わなかった唇の距離が、残り指一本程度にまで詰まったときであった。

「ヴィンス、眠っていますか？　起きているようなら水をお持ち致しましょうか？」

（ラビン様……!?）

扉の方から聞こえるラビンの声。おそらくディアナの様子を確認してから、ヴィンスのもとへ来たのだろう。

「ヴィ、ヴィンス様……ラビン様がいらっしゃいましたから、どうか……」

「……あんのヘタレ兎め……タイミングの悪い……」

と、ヴィンスは不機嫌そうに愚痴っているものの、ラビンが心配で部屋を訪れたことくらいは分かっているのだろう。

「またお預けか」と呟くと、ヴィンスはドロテアの上から退いて、ドロテアのことも起き上がらせた。

ベッドの上でヴィンスと対面で座ることとなったドロテアだったが、ラビンを待たせていることもあって、さっさと妃室に戻らなければと床に足を下ろした、その時だった。

「待てドロテア」

「はい――?」

ドロテアは小声で返事をすると、くるりと振り向く。

何か用だろうかと思っていたら、ヴィンスの手がずいと伸びてきて、彼の親指がドロテアの唇を優しく掠めた。

(えっ!? ……なっ、何……!?)

ヴィンスの熱を帯びた親指が一瞬だけ触れた唇を、ドロテアが咄嗟に両手で隠すような素振りをすると、そんな彼女にヴィンスはふっと笑う。

そして、ヴィンスはまるで挑発するような黄金色の瞳を一瞬たりともドロテアから逸らすことなく、彼女の唇に触れた親指を、自身の唇に押し当てたのだった。

「………今日はこれで、我慢しておく」

「~~っ!?」

すっかり油断したときの突然の行為に、ドロテアは勢い良く立ち上がると、いの一番に妃室の方へ足を急かせる。

くるりとヴィンスの方へ振り向いて深く頭を下げると、小声で「お大事に……!!」とだけ告げてヴィンスの部屋を後にしたのだった。

次の日になると、ヴィンスの身体は元に戻っていた。

体調も全快したようで、身体を動かしたいからと朝から王国騎士団の訓練に指南役として参加しているくらいだ。

対してドロテアは、普段通りとはいかなかったのだけれど。

「ドロテア様どうかされました？　やっぱり……私が昨日陛下のお部屋に入ってはいけませんということをきちんとお伝えできていなかったから、怒っていらっしゃるのでしょうか……」

「それは違うわナッツ！　ナッツに怒ってないから！　いえ、そもそも怒ってないから……!!」

昨夜のヴィンスとのことを思い出すと、つい顔が緩んでしまいそうなドロテアは、それを隠そうとしかめっ面を発動していた。

そのせいでナッツが不安そうにブンブンと尻尾を振りながらあらぬ勘違いをしているわけだが、ドロテアがナッツを怒る日なんて来ないだろう。いや、来ないと言い切れる。

（ナッツの尻尾……やっぱり一度くらいはもふもふしたいわ……って、そうじゃない）

……と、ナッツはさておき。

ドロテアはその日、ヴィンスだけではなく、ディアナの元気そうな様子も確認すると、ほっと胸を撫で下ろしてから、自室の机に向かった。

約二週間後にある、サフィール王国の建国祭パーティーに参加する際に、ヴィンスの婚約者として堂々と隣に立つために、可能な限りの準備をしておきたかったから。

――そうして数日後、ドロテアはヴィンスと共に馬車に乗り込む。

妹のシェリーが、まさかあそこまで愚かな行いをするとは、夢にも思わずに。

第十四話 ✦ 建国祭パーティー

ドロテアとヴィンスがサフィール王国に着いたのは、建国祭の前日だった。

数人の護衛や使用人と到着した二人は、サフィール王国側が手配してくれた高級ホテルで一夜を明かすと、次の日の午後から準備を始める。

ドロテアは付いてきてくれたナッツにお礼を言いながら、建国祭のパーティーに合わせたドレスに袖を通した。

「ドロテア様っ！　完成しました！　とーっても！　美しいです～!!　可愛い～！！！！！」

「あ、ありがとうナッツ……！　けど尻尾から凄い風が……っ、落ち着いて……！」

感情が爆発すると無意識にブンブンと尻尾を振り回すナッツ。

まるで嵐のような暴風にドロテアはさっと彼女から離れると、遠目から見えるナッツの可愛らしい姿にうっとりしてから、自身の姿を見やる。

「我ながら……これは中々……」

サーモンピンクのAラインドレスには、ところどころキラリとした宝石がちりばめられている。

しかし淡い光であることから一切下品ではなく、ドロテアの顔つきもあってか上品な仕上がりだ。髪の毛も後ろで編み込んでから斜め前に下ろし、ヴィンスの瞳と同じ金色の髪飾りでワンポイント。上品で、どこか魅惑的な女性の出来上がりだった。

「ありがとうナッツ、とっても素敵」

ドロテアが嬉しそうに頬をほころばせると、ナッツは耳をピクピクと反応させてからドロテアに駆け寄った。

「ドロテア様は何を着てもお似合いになりますっ！」

「そんなことは……」

「あります！　陛下から贈られた髪飾りもとってもお似合いですよ……！」

「あ、ありがとう」

今日の昼食の直後、「パーティーではこれをつけろ」と言って半ば無理やり渡された包み。中を見ればヴィンスの瞳と同じ色で、それが何を意味するか大方理解ができたドロテアが顔を真っ赤にしたのは記憶に新しい。

それに、ヴィンスが追い打ちをかけてくるものだから。

（『ドロテアが俺のだという証だ』なんて、わざわざ言わなくともなんとなく察したのに……！）

しかも、ゾクリとしてしまうほど、蠱惑的な低い声を耳元でだ。

ドロテアは今思い出しても顔から火が出そうになるが、これから国の代表であるヴィンスの婚約者として建国祭のパーティーに出向くのだからと、一旦煩悩は他所へやる。

「それじゃあナッツ、私はそろそろ行ってくるからね。戻るのは遅いと思うから、今日は早めに休んでね」

「はい！　気を付けて行ってらっしゃいませ！」

笑顔で送り出してくれたナッツと別れてから、ドロテアは先にホテルの前に待機している馬車まで歩き始めた。

「ヴィンス様、お待たせいたしました」

外はもうすっかり暗い中で、馬車の前には正装に身を包んだヴィンスが既に待っていた。

(今日は一段と格好良い……)

そんなことを思いながらヴィンスの目の前で立ち止まると、何やらじいっと見つめられたドロテア。

一体何だろうと思っていると、ヴィンスの視線が髪飾りにあることに気づいてしまい、ドロテアはぱっと髪飾りとは反対の方へ顔を背けた。

「……それ、着けたんだな」

「もちろんです。大変素敵で気に入りました。ありがとうございます」

「それならまた、今度は同じ色のネックレスをプレゼントしよう。……イヤリングも良いな」

「……っ、そこまでせずとも、大丈夫です……！」

自身の瞳や髪と同じ色の装飾品を送ることは独占欲の表れである。

これは獣人国だけでなく、サフィール王国でも知れ渡っている文化なので、さすがに全身にヴィンスの色を纏うのは恥ずかしかった。

必死な姿のドロテアに、ヴィンスはくくっと楽しそうに笑みを漏らした。

「まあいい。とりあえず行こう」

「はい。今日はよろしくお願い致します、ヴィンス様」

レディファーストで馬車に乗り込むと、当たり前のように隣に座ってくるヴィンス。ドロテアが「ヴィンス様、こちら側が良いのなら、私が向かい側に座りましょうか……？」

「そんな理由で俺がここに座ったんじゃないことくらい分かっているだろう？　あまり惚けると膝の上に乗せるぞ」

「えっ」と上擦った声を漏らしても、関係なしのようだ。

「……っ、それはご容赦くださいませ……」

ヴィンスはドロテアにだけパーソナルスペースが狭い。

おそらくこれも通常運転なのだろうからと、ドロテアは隣を気にしないように努めた。

（それにしても、約一ヶ月ぶりの帰国だというのに、なんだか凄く懐かしいわね）

自身の左側に座るヴィンスの存在を意識しないように右側の車窓を見つめれば、見馴れた王都の景色にドロテアは思いを馳せた。

(あ、あれは休日に本を買いに行った古書店。あっちはお使いで行ったロレンヌ様御用達の文具店ね……)

二十年暮らしたサフィール王国だ。他にも沢山思い出すことはあれど、その殆どがロレンヌに関するもので、家族のことはあまり思い出さなかった。

(まあ、そうよね。あまり楽しい思い出はないもの)

人間の脳は上手くできていると、過去に何かの本で読んだことがあった。

脳内が悲しい思い出ばかりにならないよう、上手く整理をしてくれているらしいのだ。

(ああ、だからあのときのことを思い出すのね、きっと……)

――ガタンゴトン。馬車が小刻みに揺れる中、ドロテアはかなり昔のことを頭に思い浮かべて、少しだけ眉尻を落とす。

こんな顔をヴィンスに見せては心配をかけてしまうかもしれないと車窓を眺めたままでいると、左側からずいと伸ばされた手に気づかなかった。

「ふぇっ」

「やはり、何か落ち込んでいるな。どうした」

ぐいと顎を掬われて、半ば無理やりヴィンスの方に顔を向けられてしまったドロテア。

いつもならば羞恥が勝つが、今回ばかりは疑問が上回った。

「表情は見えていなかったはずですのに、どうして」

「……勘だ。なんとなく、お前が悲しんでいる気がした」

獣の勘だろうか。それともヴィンスだからか、相手がドロテアだからなのか。

理由は何にせよ、気付かれてしまった申し訳無さと、気付かれた喜びのような感情が胸の中で交じり合う。

そんな中で、ドロテアはぽつぽつと話し始めた。

「……少しだけ、昔のことを思い出していました」

「家族のことか」

「はい。それで少し、感傷に浸っていたのかもしれません」

「けれど大丈夫です」と、そう言ってドロテアは眉尻を下げたまま控えめに笑って見せると、ヴィンスが僅かに顔を歪める。

そして、ドロテアの顎を掴んでいたヴィンスの手が、今度はドロテアの頬を優しく撫でた。

「俺が居るから何があっても守ってやれると思っていたが、少しでもお前にそんな顔をさせるくらいなら、連れて来ない方が良かったのかもな。……済まん」

「……え?」

そこでドロテアは、過去に一つ疑問に思っていたことの答えが分かった気がした。

(そういうこと……だからヴィンス様は……)

ヴィンスは求婚した日、ドロテアに帰国を許さなかった。

当初は逃げ出すのではないか、と疑われているのかもしれないと思っていたドロテアだったが、今ならはっきり分かる。

（ヴィンス様は、私が一人で国に戻った際に、家族や周りの貴族に何か言われたら傷付くかもしれないと思って、その芽を摘んでくださっていたのね……。なんて……なんて優しいお方なんでしょう。こんな方に愛されるなんて私は、世界で一番幸せ者ね）

少しだけ落ち込んでいた気持ちが、ヴィンスの思いやりによってゆっくりと浮上していく。

ドロテアは自身の頬に触れているヴィンスの手の上に、自身の手を重ねた。

「ヴィンス様、ありがとうございます」

「何に対する礼だ」

「ふふ。色々、です。それに私、本当に大丈夫ですわ。両親には婚約誓約書の催促をしなければなりませんし。妹がヴィンス様に無礼を働くかもしれないことは不安ですが……その場合は、姉である私が今度こそ止めなければ」

先程までとは違い、強い意志を感じるコバルトブルーのドロテアの瞳。

聡明で、優しくて、相手のことを思いやるときに見せるこの強い瞳がヴィンスは愛おしくて仕方がなかった。

「本当に無理はしていないんだな？」

「はい！　問題ありません。……正式ではありませんが、ヴィンス様の婚約者として頑張らせてください」

そんな言葉に、ヴィンスは「……本当にお前は、強い女だな」とポツリと呟いた。

車輪が軋む音と重なって、それがドロテアの耳に届くことはなかったけれど、ドロテアがもう落ち込んでいないようならヴィンスはそれで構わなかった。

──そうして、その後。雰囲気が明るくなった馬車内で。

「あ……けれど、少しだけ緊張しているので、良ければお耳と尻尾を触らせていただいても宜しいですか……？」

「それで気が紛れるなら好きにしろ」

「あ、ありがとうございます……!!　少し久しぶりです……！　あ〜……もふもふ……ふふ……癒やされます……」

王宮に到着するまで、ドロテアはヴィンスの耳と尻尾を触り続けたとかいないとか。

建国祭パーティーの会場に到着したドロテアたちは、来賓ということもあって、少し遅めの入場だった。

アナウンスされ、ドロテアはヴィンスの腕に手を回してから会場内へと足を踏み入れる。

（さて、しっかりしなさいね、ドロテア）

今までの舞踏会や夜会はランビリス子爵家の長女としての参加だったが、今回は正式ではないにせよヴィンスの婚約者としてだ。

失敗はあってはならないと、気を引き締めて入場すると、まずは挨拶のためにサフィール国王のもとまで向かう。

ヴィンスの挨拶に続けてドロテアも美しいカーテシーを披露すれば、国王は焦ったような笑みを浮かべた。

「我が国の建国祭パーティーによくお越しくださいました、レザナード国王、並びに婚約者ランビリス嬢……是非楽しんでいってくだされ。……そ、それと、レザナード国王、時間が許すならば後で別室で話をさせていただけると……」

「ええ、構いませんが」

「おお！　それは有り難い！　ではまた後ほど、声をかけさせて頂きますゆえ」

サフィール国王のかなりへりくだった態度に、後で別室で話したいという要求。

（なるほど。……おそらく、シェリーのディアナ様への暴言の謝罪ね。求婚のあと、ヴィンス様が手紙に記したのかしら）

とはいえ、ヴィンスはドロテアが求婚を受け入れるならば謝罪を受け入れると言っていた。

そのため、おそらく大事にする気はないが、なかったことにするつもりはないと。サフィール王国側も、謝罪で済むのならば安いものだと考えたのだろうか。

（ということはシェリーのしたことが問題になった訳よね……あの子、何も罰は受けなかったのか

しら）

とはいえ、今はそれを考えているときではない。

ドロテアは再び美しいカーテシーを見せてから、ヴィンスと共に壇上から降りていく。

すると、壇上を降りきったところでヴィンスはドロテアの耳元に顔を近づけると、ボソリと囁いた。

「今日のパーティー、何かあるかもしれない」

「えっ？」

ヴィンスは人間の何十倍も耳が良い。おそらく招待客のひそひそ話が聞こえたのだろうが、言い方からして詳細は分からないようだった。

考える素振りを見せる隣のドロテアの顔を、ヴィンスは腰を屈めてちらりと覗き込んだ。

「まあ、何があっても俺がドロテアを守るから問題ないがな」

「……っ、わ、私もお守りします。主人の安全を守るのも、侍女の務め……あ」

「ほう」

「申し訳ありません……。つい癖で」

婚約者だから気を引き締めなければと思った矢先の失敗である。

婚約者としての自覚、そして自信を持たなければと改めて胸に刻むと、ドロテアは見知った姿を視界に捉えたのだった。

「あれは……ロレンヌ様……！」

五年もお世話になっていたロレンヌの姿を見間違えるはずはない。

ドロテアはヴィンスを見て「挨拶をしても宜しいですか？」と問いかけると、ヴィンスはコクリと頷いた。

事前の話し合いでヴィンスもロレンヌに挨拶をしたいと言ってくれていたため、ドロテアはヴィンスと共にロレンヌのもとまで向かって声を掛けると、振り向いたロレンヌは大きく目を見開いた。

「貴方……ドロテア……!?」

「ロレンヌ様！　お久しぶりでございます！　しばらく帰国できずに申し訳ありません……！　侍女を辞める件も手紙で済ませてしまい、なんてお詫びを申し上げればよいか……」

建国祭に出席することは事前に手紙でロレンヌに伝えてあったのだが、何やら幽霊を見たような驚きようだ。

ヴィンスの格好良さに驚いているのかとも思ったが、ロレンヌの視線はずっとドロテアを向いているため、何事かと「ロレンヌ様……？」と問いかけると。

「ドロテア貴方、綺麗になったわねぇ」

「えっ？」

ロレンヌは、ドロテアのことをただの侍女以上に大切に思っていた。それこそ、本当の娘のように。

だから心配だったのだ。獣人国での扱い、ヴィンスからの扱い、ドロテアは幸せにしているか、大切にしてもらっているか。

けれど、その心配は杞憂だった。今のドロテアと、そしてドロテアの隣にいる優しい瞳をしたヴィンスを見れば、それは歴然だったから。

「表情も明るいし、何よりとっても幸せなのが伝わってくるわ。その姿を見られただけで、何も聞かなくても貴方が大切にされていることは分かったから、何一つ謝る必要はないわ。私はドロテアが幸せになっているならそれで良いのだから」

「ロレンヌ様……………」

ドロテアとしては、大きく変わったつもりはなかった。

けれど確かに、獣人国に行ってから自分に自信を持てた。自分の見た目も好きになれた。誰かを好きになることを知った。

人生経験が豊富なロレンヌには、そんなドロテアの変化が、どれ程の幸せによってもたらされたのか、手に取るように分かったのだろう。

ロレンヌの言葉が嬉しくて、じ～んと感動しているドロテア。

そんなドロテアの一歩前に出たヴィンスは、ロレンヌに対してゆっくりと頭を下げた。

「ヴィンス・レザナードと申します。ライラック公爵夫人、以後お見知り置きを」

「まあ、こちらから挨拶をせねばなりませんのに申し訳ありません。改めまして、ロレンヌ・ライラックと申します。……親でもない私が言うのはなんですが、ドロテアを大切にしてくださって、本当にありがとうございます」

深々と頭を下げたヴィンスは顔を上げると、ふっと柔らかく微笑んだ。

「こちらこそ、ドロテアを大切にしてくださってありがとうございました。これからは生涯をかけて、俺が幸せにします」

「ヴィ、ヴィンス様……っ!?」

「あらまあ、お熱いこと。おっほっほっ」

愉快そうに笑うロレンヌと、当たり前のように言ってのけるヴィンスに、ドロテアはたじたじだ。

（このお二人には、一生勝てる気がしないわ……！）

ドロテアが頬を赤く染めながらそんなことを思っていると、「そういえば」と話を切り替えたのはロレンヌだった。

「……実は先日、とある噂を耳にしたのだけれど」

「……？　噂ですか……？」

扇子を開いて口元を隠すロレンヌに、ドロテアはすすすと寄って耳を近付ける。

周りに聞かれないようにという対策である。まあ、ヴィンスには意味はないのだが。

「……実はね――……」

「えっ……それは、本当ですか？」

――『貴方の妹が賜った「聖女」の称号だけれど、今日で廃止になるみたいなの』

まさかそんなことになっているとは夢にも思わなかったドロテアは、素早く目を瞬かせた。

友人である夫人たちから声がかかったロレンヌと別れてから、ドロテアはヴィンスの隣で頭を悩ませていた。

（まさか聖女の称号が廃止になるだなんて）

ロレンヌから話を聞いたところによると、シェリーのディアナに対する暴言事件よりも前から、この話は決まっていたらしい。

ということは、王家、もしくは国の中枢が聖女の称号は不要だと判断したということ。

（つまり、サフィール王国において、女性の美しさに以前ほどの重要性は無くなるということよね）

サフィール王国が年々衰えて来ていることに敏いドロテアは気付いていた。聖女の称号が出来てから、その衰えが悪化したことにもだ。

（国の発展を促したいのならば……聖女の称号と合わせて、女性は男性よりも優秀であってはならないという教えも、取り下げる可能性があるわね）

少ない情報でそこまで理解したドロテアは、このことを小声でヴィンスと話す。

ヴィンスも大方のことは予測していたのだろう。一切驚くような様子はなく、ドロテアをじっと見つめながら、「危なかったな」と呟いた。

「危ない、ですか？」

「ああ。おそらく今日以降、この国にとってのドロテアの重要性は大きく変わる。お前ほど優秀な女、本来ならばどんな手を使ってでも自国に縛り付けておきたいだろう」

「そこまでですか……？　けれど、お褒めいただきありがとうございます、ヴィンス様」

まあ、シェリーがやらかしてくれたこともあって、ヴィンスは絶対にドロテアを逃さないようにサフィール王国と書面は既に交わしてあるのだが。

別にそれは言う必要はないだろうとヴィンスが口を閉ざすと、ドロテアが「あっ」と思い出したように声を上げた。

「くだんの話が本当ならば、シェリーはパーティーに来ていないかもしれませんね。もちろん、両親も」

「というと？」

「その……つまりですね」

ヴィンスに問いかけられ、ドロテアは周りに聞こえないようにボソボソと囁いた。

「シェリーは見た目は美しいですが、性格はやや難アリのため、周りの貴族の方々にあまり好かれていません。今まで『聖女』だったので周りは明らかに態度には出しませんでしたし、我儘も許されてきたのですが……」

「なるほど。そんな顔だけ女がただの令嬢に戻ったとなれば、多方面から攻撃されるだろうな。直接的に、あるいは間接的にねちねちと」

コクリとドロテアは頷く。しかし、シェリーに対し思うところはそれだけではなかった。

「それに、聖女でなくなったシェリーは肩書のないただの子爵令嬢です。王子殿下との婚約もどうなるか……。そんな状態で、パーティーに来るとは思えません。少なくとも両親が止めるのではないかと。……そもそも、ディアナ様への暴言が王家に露見しているのならば、最低でも謹慎処分くらいは下されているはずです」

「……本当に聡いな、ドロテアは」

「それほどではございません」

「ただの侍女でござ――」まで言いかけて、ゴホン！　と咳払いすると、頭上からクツクツとした笑い声が降ってくる。

「ドロテア、婚約者だ。こ、ん、や、く、しゃ」

「分かっております……！　けれどその、五年間の癖はなかなか抜けないと言いますか……精進いたします」

――とにもかくにも。

この会場には居ないであろう家族のことを考えていても仕方がない。

婚約誓約書については明日の帰国前に実家へ寄れば良いだろうし、自分のできることをしなければ。

「ヴィンス様、では私は今からご令嬢たちと交流をして参ります。同盟国の令嬢との付き合いも大切なことでございますから」

「ああ、頼んだ。……だが、無理はするなよ」

ドロテアは家族だけでなく、一部の令嬢からもシェリーと比べられたり、または売れ残りだと揶揄されてきた。ヴィンスはおそらく、その心配をしているのだろう。

「ご心配には及びませんわ。会場に入ったときから、以前まで感じていた悪意の視線はないように思いました。むしろ、皆ヴィンス様の婚約者である私と接点を持ちたいという感じでしょうか」

「それはそれで腹が立たないのか」

「いえ、全く。このことを予期してサフィール王国の令嬢の間で流行っているもの、またレザナードの流行でこちらでも流行りそうなものは事前にピックアップしてきました。話題の下調べならバッチリですし、上手くいけば令嬢たちがレザナードの品を求めて、よりレザナードが豊かになるやもと思うと……むしろやり甲斐さえ感じます」

侍女の感覚は抜けないながらも、しっかりと国のことを見据える姿は、流石の言葉以外にない。

ヴィンスは一度ドロテアの頭をくしゃりと撫でてから、「ではまた後で」と言って去っていく彼女の後ろ姿を見送る。

それから、令嬢たちと話すドロテアの表情と、獣人特有の良く聞こえる耳でその会話を確認し、ホッと胸を撫で下ろした。

（……これは本当に、心配いらないな）

ドロテアが美しくなったとか、レザナードでの生活はどうだとか、中には今までのドロテアに対する態度を謝る者までいる。ドロテアの表情も明るく、周りの令嬢たちが小声で何か言っている様子も、企んでいる様子もない。

（さて、俺もやるか）

ヴィンスはドロテアの楽しそうな表情を目に焼き付けてから、次々に話しかけて来る男性貴族たちの相手を始める。

ドロテアがああも国のことを思ってくれているのだ。ヴィンスも、ドロテアを傷付けた国という考え方は一旦捨てて、国のために笑顔を取り繕った。

それからしばらくして、ヴィンスは何人かの貴族男性との会話を終えると、一旦バルコニーで一息つくことにした。

ドロテアを誘おうかと思ったが、彼女は今もなお数多くの令嬢たちと話し込んでおり……というよりはレザナードの品を巧みに宣伝しており、邪魔をするのは憚られたため、声はかけなかったのだが。

（令嬢たちとの会話で新たに身に付けた知識でもあったのか。……目がキラキラしているな）

バルコニーから遠目でドロテアの表情を確認したヴィンスは、愛おしそうに微笑む。

「さて、休憩は終いにするか」

そろそろパーティーも終盤だ。生演奏が始まり、ホールの中心でダンスも始まることだろう。

せっかくだからドロテアと一曲踊ろうか、なんてヴィンスは考えていた、その時だった。

「みーつっけたっ！」

「――は？」

風の音さえよく聞こえるほど静寂だったバルコニーに、甲高い声が響き渡る。

くるりと振り返れば、クリクリとした翡翠の目に、サラサラのプラチナブロンド。見た目は整っているが、内面の歪みが表面に出ている、そんな卑しい女がヴィンスの前に立っていた。

「はじめまして！　私はシェリー・ランビリスと申しますの。……獣人国でお世話になっているドロテアの妹ですわ？　ふふっ」

第十五話 ✦ ドロテアの憤怒

（あら？　獣の割に結構いい男じゃない？）

ディアナの兄ということもあって、ヴィンスが整った容姿だろうとは予想していたシェリーだったが、実際に目にするとそれは段違いだった。

（ふふ。獣とはいえ、まあこの見た目なら、私と釣り合うかしら？）

——数時間前。

シェリーは両親と共にパーティー会場に入ってからというもの、目立たないよう目立たないよう徹底していた。招待状はあるため入場はできたものの、ケビンからは自宅謹慎を言い渡されていたからである。

しかし建国祭のパーティーには大勢の貴族と来賓が入り乱れる。王族は大量の客人から挨拶をされ、長時間身動きは取れない。

だから、相当目立った行動を取らない限り、シェリーの入場が王家にバレることはないと踏んでいたのだ。

中には「今日は殿下にエスコートしていただけないの？」なんてことを尋ねてくる令嬢はいたが、多忙だそうだから遠慮をしたと言って、事なきを得た。もちろん、いつものシェリーらしからぬ発言に驚きはされたけれど。

「シェリー・ランビリス子爵令嬢が、俺に何のようだ」

「やだヴィンス様ったら！　どうぞシェリーとお呼びください！」

「…………で、何のようだ」

目尻をぴくと動かしたヴィンスに、シェリーはにこりと微笑む。

（ふふっ、顔が強張ってるわ？　もしかして私の美貌に驚いているのかしら？　可愛いところがあるじゃない！）

シェリーは小首を傾げて「うふふっ」と声を漏らすと、バルコニーの手摺に凭れ掛かるヴィンスの隣へとひょこひょこ歩いて行く。

ヴィンスの前でくるりと回り、揺れる美しい髪や、ちらりと見えたはずの項で彼を誘惑すると、明らかな上目遣いで話し掛けた。

「あのヴィンス様？　お姉様に求婚したというのは本当なんですの？」

「そうだが」

「あら～びっくりですわ？　そんなに人間の女が珍しかったのですか？」

「は…………？」

シェリーは、ケビンから手紙を受け取ってからというもの、ない頭で必死に考えたのだ。どうして、ドロテアがヴィンスに見初められたのか。

ケビンの話や手紙、状況を考えれば、少なくともその考えにだけは絶対至らないだろうに、シェリーは心底愚かだった。

かつシェリーは、自身のディアナに対する言動、そこからドロテアが獣人国に嫁ぐことになった重要性を、未だにからっきし理解出来ていない。

そんなシェリーに反省なんて感情が芽生えるはずもなく、ケビンからの叱責や自宅謹慎命令の根源はドロテアにあると思いこんでいた。そして、ケビンから婚約破棄をされることも、まるで決定事項のように思い込んでいたのだ。

――だからシェリーは決めていた。

「そうですわよね？　獣人国にはあまり人間がいないのでしょう？　お姉様みたいな見た目の女でも、興味が湧いてしまったのではないですか？」

「…………お前……」

「けれどヴィンス様？　お姉様はやめておいたほうが良いわ？　少し頭が良いだけの売れ残りだもの。あれが未来の王妃だなんて、獣人国の恥になるんじゃないかしら？」

シェリーの言葉に、ヴィンスはやや俯いた。

前髪のせいでその表情を窺い知ることは出来なかったが、シェリーは、ヴィンスがドロテアを選んだことを後悔しているというふうに取ったらしい。

ヴィンスとの距離をつめ、飛び切りの笑顔で囁いた。

「……その点、私の美貌は見た通りですわ？　ケビン様には最近辟易していたところでしたし……私がお姉様の代わりに王妃になって差し上げても良いですわよ？　ね？　良い話でしょう？」

そう、シェリーは、ケビンに捨てられる前に、ヴィンスに乗り換えてやると決めていたのだ。ドロテアよりも何倍も魅力的な自分なら、十分可能だと思っていた。

どころか、ヴィンスが尻尾を振ってこの話に食いついてくるとさえ思っていたのだ。

（ふふっ。まあ獣っていうのはちょっとあれだけど、顔も良いし未来の王妃だものね？　我慢してあげるわ？　……何より、私よりも売れ残りのお姉様が幸せになるなんて許せないもの）

女としてのプライド。生まれてこの方、ドロテアよりも愛されてきたという絶対的な自信により膨れ上がった醜い感情がシェリーの中で渦巻いて、それが卑しい笑みとなって表れる。

未だに俯いているヴィンスに、シェリーはにんまりと微笑んで、そっと手を伸ばした。

「ヴィンス様？　お気持ちに素直になって？　どう考えたって、少し頭の良い売れ残りのお姉様より、こーんなに可愛い私のほうが良いでしょう？」

鈴を転がすような声でそう囁いたシェリー。

同時にヴィンスはゆっくりと顔を上げ、二人の視線が交わった、その瞬間だった。

「戯言はもう終いか」

「えっ？」

「……お前、俺のドロテアを侮辱するとは……余程死にたいらしいな」

「ヒィッ……!!」

(なっ、なんで……何でこんなに怒ってるの!?)

吊り上がった黄金の目に、例えようのない程の怒りを孕んでいる。その瞳だけで、本当に人一人程度ならば簡単に殺められそうな程に。

「貴様のような愚かな女が今までもてはやされていたなんて、到底理解できないな。お前如きがドロテアのことを傷付けてきたのかと思うと……怒りで頭がどうにかなりそうだ。一応ドロテアの身内だからと大人しく話を聞いてやったが、もう聞くに堪えん」

「あっ……あっ……」

ケビンにも相当酷いことを言われたが、ヴィンスの言葉はその比ではなかった。

心の底から溢れ出る嫌悪感、怒り、そしてその見た目のせいか迫力があり、シェリーは恐ろしくて数歩、よたよたと後退る。

「俺が物珍しさにドロテアに求婚をした？　売れ残り？　少し頭が良いだけ？　獣人国の恥？……ハッ。笑わせる。お前、姉妹だというのにドロテアとは何一つ似なかったんだな」

そうしてヴィンスは、シェリーを恐ろしいほど冷たい視線で射貫きながら、決定的な一言を言い放った。

「あまりに愚かで、可哀想な女だ」

「……!!　……かっ、可哀想……ですって!?　この私が!?　可哀想って言ったわね!?　獣のくせに!!」

シェリーは我慢ならなかった。馬鹿だの愚かだの言われることもそうだけれど、ドロテアと比べて、可哀想だと言われることだけは。

(可哀想なのはいつも、私じゃなくてお姉様なんだから!!)

シェリーは表情を歪めて、キッとヴィンスを睨みつけた。

「獣のくせに調子に乗るんじゃないわよ!!　あんたなんてね！　こっちから願い下げなのよ!!　あんな売れ残りのお姉様に求婚するだなんて、あんた頭おかしいんじゃないの!?　そもそも、獣のくせに人間の言葉を使うなんて変なのよ！　あーもう！　気持ちわ――」

その言葉の続きが、バルコニーで響くことはなかった。

一つは、会場で演奏が始まり、その音で掻き消されたから。それともう一つは――。

「シェリー貴方、ヴィンス様に向かって何を言っているの」

見たことがないくらいに自身を睨みつけてくるドロテアが、バルコニーに現れたからだった。

コツコツとヒールの音を立てながら、ドロテアはシェリーに近付いていく。

今までどれだけ我儘を言っても、尻拭いをさせても、ここまで怒りに満ちたドロテアを見たことがなかったシェリーは、虚勢を張りながらも内心では困惑していた。

「なっ、何よ……!!」

「もう一度聞くわシェリー。貴方、ヴィンス様に向かって何を言っているの。……訂正と謝罪をしなさい……！　今すぐに!!」

——ドロテアがバルコニーの騒ぎに気付いたのは、令嬢たちと話し終え、ヴィンスを捜していたときだった。

ヴィンスは立場的に多くの人と話すものの、逆にその立場から安易な発言はできないために気を使うことが多い。おそらく疲れた頃だろうと、人気の少ないバルコニーにいる可能性を考慮して捜していた、その矢先の出来事だった。

（シェリー……ディアナ様だけでなく、ヴィンス様にまで暴言を吐くだなんて……！）

演奏が始まる直前だったため、シェリーの発言がしっかり耳に届いたドロテア。

もうこれ以上ヴィンスに汚い言葉を浴びせてほしくないからとその場に乗り込むと、シェリーはキッと睨みつけてきたのだった。

「……っ、お姉様久しぶりね？　そ、そういえば私の代わりに謝罪に行ったから求婚されたんでしょ？　良かったじゃない！　たとえ相手が獣だとしても！　結婚願望だけは立派にあったんだもの？　一生独り身よりマシよね？」

「……っ、だからシェリー貴方ね！　ヴィンス様になんてことを……!!」

ドロテアは、自分のことを何と言われても構わなかった。家族から散々言われてきたのだ。今更傷つくようなものではなかった。けれど。

（ヴィンス様のことを悪く言うのは許せない……！）

ドロテアの中で、人生で感じたことがない程の怒りがふつふつと湧いてくる。

聖女だから、可愛いから、妹だから、家族だから。

——そんなふうに思うことによって我慢してきた怒りの全てが溢れ出しそうになり、ドロテアは勢いに任せてシェリーの頬に向かって手を振りかざしたのだけれど。

「ドロテア、落ち着け」

「……っ、ヴィンス、様……」

その手をヴィンスによって優しく捕われたと思ったら、彼の腕の中に引き込まれる。

ちょうど耳あたりにヴィンスの心臓のトクトクという音が響き、ドロテアはそれだけで少し冷静さを取り戻した。

「こんな奴に何を言われても、俺は少しも傷付かないからドロテアが心を痛める必要はない」

「……っ、それでも……！　私が嫌なのです……！　ヴィンス様のことを悪く言われるのは……私が、嫌なのです……っ」

「優しいな、ドロテアは」

そう言ったヴィンスに、優しく頭を撫でられる。

大丈夫、大丈夫だから、とそんな気持ちが伝わってくる指先に、ドロテアはなんだか涙が出そうになって、フルフルと首を横に振った。

するとそんな中、ヴィンスは優しい声色で囁いた。

「だが俺も同じ気持ちだ。俺は何を言われても良いが、お前が侮辱されるのは聞いてられん」

「ヴィンス様……」

「こんな女の言葉でドロテアの心が少しでも傷つくかと思うと――」

そのとき、ヴィンスはドロテアに向けていた優しい瞳を、剣のような鋭い瞳に変えてシェリーを睨みつけた。

「王という立場を忘れて、今すぐあの女の息の根を止めてやりたくなる」

「ヒッ、ヒィッ……!!」

会場では演奏が響き渡り、一同が楽しそうにダンスを踊る中、シェリーはあまりの恐怖にその場にぺたりと座り込んだ。

「何でそんな、大事そうに……まるで、お姉様のことを愛してる、みたいに……」

ドロテアが愛されるなんてあり得ない。自分がこんな目に遭うなんて信じられない。

シェリーはその考え方を、今更直ぐに変えることなんて出来なかった。だから、自信や計画が全て崩れ去っていったこの現実を受け入れることは中々に難しかった。

「だって私は可愛いのよ……？　何をしたって許されてきた……聖女で……ケビン様の、婚約者……で」

ボソボソと、壊れた玩具のように繰り返し呟いているシェリー。

ドロテアはヴィンスの腕の中から抜けて、そんなシェリーを見下ろした。

「シェリー、ヴィンス様に謝罪なさい」

「でも、だって……私は……誰よりも……可愛い……だから……」

「シェリー!! いい加減にしなさい……!! でもでもだってでもありません……!!」

「ふえっ、ふぇぇぇぇん……!!」

ヴィンスの恐ろしさ、結局はいつだって優しかったドロテアからの叱責、受け入れがたい現実、自身に待つ哀れな未来への絶望。

そして、貴族としての矜持、淑女としてのプライド、この場を切り抜ける頭脳、精神。それらの全てを持ち合わせていないシェリーは、まるで子供のように泣き始める。

同時に、ダンスの楽曲が変わるために演奏が一旦止み、シェリーの不細工な泣き声は会場中に響き渡った。

ざわざわとした会場で、そんなシェリーやドロテアたちの様子を見た淑女たちが、扇子で口元を隠してヒソヒソと話し始める。

『何あれ……シェリー様が泣いてらっしゃるわ』『というか来ていたのね? 今日は居ないから楽だと思っていたのに』『誰かシェリー様にお声をかけて差し上げないの?』『え、嫌よ。詳細は知らないけれど、どうせ我儘を言ってそれが叶わなかったから泣き喚いているのでしょう？』『けどあの方は聖女よ？　媚を売っておけば……』『あ、ねぇ、そのことなのだけれど――』

シェリーの父と、ロレンヌの耳に入ったように、情報とはどこかから漏れ出るものだ。そしてそれは、噂好きの令嬢たちにとって、日々の楽しみでもある。

だから、誰かが言った『聖女の称号って、無くなるのでしょう？』の言葉は、瞬く間に会場に響き渡った。

そして別の誰かが言った『それなら殿下との婚約も無くなるのでは？』という言葉は、令嬢たちが感じていたシェリーに対する不満を刺激するのに、十分過ぎた。

――『哀れなこと……ドロテア様は将来の王妃だというのに』『もうこれであの女に媚びへつらわなくて良いと思うと清々するわね、ふふ』『あら、笑っちゃ可哀想よ……それにしても、元聖女様は何て、無様なのかしら……』

敢えてシェリーに聞こえるように言う者たちも現れ、会場中の嫌悪の視線はシェリーに注がれる。流石のシェリーもそれを感じ取ったのだろう。今までお姫様のように扱われてきたシェリーにこの状況を耐えられるはずもなく、怒りよりも恐怖が勝った彼女はその場に座り込んだまま、肩をカタカタと揺らした。

（流石にこれは……）

ドロテアも会場全体の雰囲気を感じ取っていたし、隣にいるヴィンスから会場の声を耳打ちしてもらっていたので、まさに針の筵《むしろ》であるシェリーに同情の色を浮かべた。

ヴィンスに対する暴言を謝罪させたかっただけで、何もここまでの状況になることは望んでいなかったから。

「シェリー……立ちなさい。一旦奥の部屋を借りましょう。……お父様たちも来ているのでしょう？　二人も呼んで、きちんと話しましょう」

けれどシェリーは、ドロテアの言葉に頷くことはなかった。

（シェリー……）

相当精神的に堪えているのだろう。俯いたままのシェリーに、ドロテアはどうしたものかと思案する。

ヴィンスへの暴言は到底許されるものではないが、シェリーの性格がここまで捻れ曲がった原因が、全てシェリーにあるわけではないことに、ドロテアは気付いていたから。

しかしその時だった。会場のざわめきが増し、ドロテアはシェリーに向けていた視線を会場の方へ向けた。

現れたその人物にドロテアは深く頭を下げると、その男はシェリーをキッと睨みつけてから、ヴィンスとドロテアに対して口を開いた。

「レザナード国王陛下、並びにドロテア嬢……ここでどんな会話がされたかは、先程騎士から耳にしました。生誕祭の件も正式に謝罪できていないというのに、我が国の者が……大変申し訳ございませんでした……！」

そう言って深く頭を下げたのは、シェリーの婚約者であるケビンだ。

シェリーはケビンの登場に、ゆっくりと顔を上げた。

そんな中、ヴィンスはドロテアの肩を抱き寄せながら、鋭い視線をケビンに向ける。

「此度の件、貴国の責任は重いぞ。レザナードの王として、シェリー・ランビリスにはそれ相応の罰を求める」

「もちろんでございます……!!　全ては我が国の責任でございます……！　厳重な処分を下しますので、どうか同盟破棄だけは……！　なにとぞ……!!」

ケビンの登場と深々とした謝罪。ケビンの後を追ってきたのか、少し遠目からこちらを見つめる国王、王妃や王子たち。

そして、騒ぎを聞きつけてやってきた、青ざめた顔をしている両親をドロテアは視界に収めてから、再びケビンに視線を移した。

ケビンはゆっくりと顔を上げるとくるりと振り返り、ヴィンスたちに向けていた表情とは一転した怒りに満ちた形相でシェリーを睨みつけたのだった。

「シェリー！　どうして……こんな馬鹿なことをした!!　何で自分の首を絞めるような真似を……!!　二枚目の手紙をきちんと読まなかったのか!?」

「にまい、め……？」

（二枚目って……何……？）

ケビンは一体何を言っているのだろう。手紙は一枚しか存在しないと思っているシェリーは口をぽかんと開けてから、震える唇を必死に開かせた。

「そんなの知りませんわ……？　手紙は一枚で……私への叱責と……お姉様が優秀だってことと……自宅謹慎命令のことと……他にも罰を与えるからということしか、書かれて――……」

「それは一枚目だ！　二枚目を……どうして読んでいないんだ……っ」

「………あっ」

そこでシェリーは、手紙を読んだ日の夜のことを思い出した。

（そうだわ……たしかあの日は窓を開けていて……強風が吹いて……それで……）

さぁっと、シェリーの顔が青ざめていく。

もしかしたら、ケビンの言う二枚目の手紙は、部屋の外に飛んでいってしまったのかもしれないと思ったからだ。

「そ、その手紙には……何て書いてありましたの……？」

しかしそれを確認する術はない。

だからシェリーは、ケビンが先程から口にする二枚目の手紙に何が書かれていたのか問うと、ケビンは頭を抱えて重たい息を吐いてから、おもむろに口を開いたのだった。

「前回会いに行ったときに、君を馬鹿女だと罵ったことに対する謝罪だ」

「…………！」

「……この前も言ったが、女性が男性よりも優秀であってはならないという教えは、私たち王族の負の遺産だ。それに従い、見目が美しい者に『聖女』の称号を与え祭り上げたのも、我々王族がしたことだ」

確かに今までのシェリーの我儘や、ディアナやヴィンスへの暴言は許されるものではない。

サフィール王国からドロテアが居なくなるという損失だって、シェリーがもう少しまともな性格であったならば起こらなかったことだろう。

全てを国や環境のせいにするには、シェリーは愚か過ぎた。――けれど。

「だからシェリー、君が異常なまでの美貌に対する自信を持ち、愛されて当然だという傲慢さや、我儘は必ず通るべきという考え方を持ったのは、我々王家の責任でもある」

「ケビン……様……」

「もちろん君自身の責任が一番多い。幼子ならまだしも、もう君は立派な貴族令嬢だからだ。だが私も……聖女を廃止しようという話が出るまで、君の美しさを理由に全てを許してきた。愚かなのは、私も一緒だ」

眉尻を下げて語るケビンに、シェリーは上手く声が出ない。

「……手紙の続きには、こう書いた。頼むから家で大人しくしていてくれ。出来るならばシェリーにもやり直す機会を与えたいため、陛下には可能な限りの穏便な処分をと頼んだから、と。私は先人たちの過ち、そして自らの過ちを悔い、これから国のために身を粉にして働くつもりだからと。聖女の称号は廃止となっても、シェリーだけが割りを食わないよう、出来るかぎりのことはするつもりだから、と」

「……それって……」

「……陛下の許しが出るならば、婚約破棄はしないつもりだった。それが叶わないのならば、出来るだけ良縁を探してやるつもりだった。……せめてもの罪滅ぼしのつもりで」

「だが……」とポツリと呟くケビンは、ヴィンスとドロテアの方を振り向いて深々と頭を下げてから、再びシェリーへと向き直った。

「もう庇いきれない。……悪いが、婚約破棄だ、シェリー」

「ま、待って、待ってケビン様……!!」

シェリーは急いで立ち上がると、ケビンの胸元へと縋り付いた。

けれどその手は優しく払い除けられ、シェリーはその場にずるずると尻餅をつく。

──どうして、こんなことに。

ぺたりと座り込んで、シェリーはそんなことを思う。

ヴィンスがドロテアのことを物珍しくて選んだわけじゃないことくらい、流石にもう分かる。

あの優しかったドロテアが憤怒するくらいに、ヴィンスのことを大切に思っていることも、ケビンが王族として、婚約者だったシェリーのために色々と手を尽くそうとしてくれていたことも。

周りの視線や声から、シェリーが『聖女』という称号にどれだけ守られていたのかも、これから優秀な女性が重宝されるならば、シェリーに出る幕がないことも。……いや、それ以前に、もう表舞台に出られないことも、感覚的に理解出来た。

「……っ」

コツコツとヒールの音が響く。その音にシェリーがゆっくりと顔を上げると、そこに居たのはしゃがみこみ、眉尻を下げた切なそうな表情のドロテアだった。

「何よ……どうせ私のこと、ザマァみろって思ってるんでしょう？」

「違うわ」

「じゃあ何よ……っ、可哀想だって哀れんでるの？」

シェリーの問いかけに、ドロテアはふるりと横に首を振った。

そんなドロテアはゆっくりとシェリーの頬に右手を伸ばしていく。

先程叩かれそうになったこともあってシェリーがギュッと目を瞑るが、予想していた衝撃が来ることはなかった。

どころか、あまりに優しい手付きで頬にピタとドロテアの手のひらが触れ、何故かシェリーの目頭はじんわりと熱くなっていく。

「貴方に謝らないといけないことが二つあるわ。一つは、さっき叩こうとしてごめんなさい。怖かったでしょう?」

「……っ、何で、なん、で、お姉様が……っ」

震える声で、シェリーは問いかける。ドロテアは悲しそうなのに、どこか温かな眼差しをシェリーに向けたまま、「もう一つは——」と話し始めた。

「シェリーがこんなことになってしまった原因の一つは、私が貴方の尻拭いをしてきたせいね。そのせいで、シェリーの我儘を助長させてしまったのだから」

「な、んで……っ」

「……ごめんね。シェリー。こんな姉を、どうか許してね」

今にも泣きそうなほど悲痛な顔で、そんなことを言ったドロテア。

それは、シェリーの心に渦巻いていたどす黒くて歪な塊を少しずつ砕いていった。

「……っ、だから!! どうして、グスッ……何も悪くないお姉様が、謝るのよぉ……っ!」

——謝るのは、どう考えたって私の方なのに。

その瞬間、ピキッと、シェリーの中で何かが割れる音がした。

「ごめんなさぃ……今までごめんなさいお姉様ぁ……っ」

「シェリー……貴方……」

わんわんと大粒の涙を流しながら、謝罪を口にするシェリー。

嗚咽交じりにヴィンスのへの謝罪、ケビンへの謝罪も口にする姿に、ドロテアは堪らずシェリーを抱き締めて、何度も何度も背中を優しく擦った。

「……分かった、分かったわ、シェリー」

「うわぁぁぁぁんっ…………!!」

シェリーが最後に心から謝罪をしたのはいつだっただろう。少なくとも聖女の称号を賜ってからはなかったように思う。

ドロテアはそんなことを思いながら、シェリーを抱き締めつつ、少し距離のある位置からこちらを見ている両親に視線を向けた。

「お父様とお母様も、こちらへ来てください。どうか、シェリーの傍に」

「……っ、ああ」

「ええ……っ」

ドロテアに呼ばれて慌ててドロテアとシェリーのもとまで走って来た両親は、床に膝をつくと互いの顔を見合わせる。

今までドロテアは妹と比べられ、肩身の狭い思いをしてきた。何度も尻拭いを命じられ、腹を立てていてもおかしくないし、今だってシェリーの身を案じずとも、誰一人ドロテアを責めたりしないだろう。それだというのに。

それは、「ドロテア……」と、震える声で父親が娘の名を呼んだ直後のことだった。

両親がドロテアに向かって頭を下げたのは、まるで女神のような崇高なドロテアの姿に、親としての不甲斐なさを痛感していたからであった。

「……今まで申し訳なかった……！　ドロテア……お前には今まで苦労ばかりかけて……酷いことを言った。本当に……申し訳なかった……」

「私も、本当にごめんなさい……貴方のような優しい子に、今までなんてことを……っ」

「……もう、良いのです。私は今、誰よりも大切にしてくれる方と出会えて幸せなので」

ドロテアは、ちらりとヴィンスを見やると、あまりに優しげな黄金の瞳に心が温かくなる。

けれど、ドロテアには両親とシェリーに言わなければならないことがあったため、シェリーから腕を解くと、両親と妹を力強い瞳で見つめたのだった。

「けれど、これだけは言っておきます。もう私は今後一切尻拭いはいたしません。自分たちの言動は全て、自分たちで責任を取ってくださいませ。……それと、シェリーが謝罪しようと、ディアナ様とヴィンス様への暴言は事実で、決して許されるものではありません。どんな罰が下るかは分かりませんが……覚悟はしておいてください」

そんなドロテアの言葉に、シェリーと両親は深く頭を下げる。

周りの貴族たちは皆、そんなシェリーたちの様子に驚きながらも、慈悲深く、そしてヴィンスの婚約者として堂々たる姿を見せたドロテアに、目を奪われていたのだった。

それからシェリーは、両親とケビンが手配した騎士と共に、一旦自宅へ帰ることが許された。

ただの子爵令嬢が他国の王とその婚約者に暴言を吐いたともなれば、それ相応の罪に問われて拘束されるのだが、シェリーと両親の反省した様子にサフィール国王が逃亡の危険は極めて少ないだろうと判断したらしい。

念のため騎士を数名つけて屋敷の外には出られないよう監視するらしいが、おそらく逃亡なんてことは起こらないだろう。

シェリーたちが居なくなってからは、サフィール国王が『聖女』の称号を廃止すること、また女性は男性よりも優秀であってはならないという教えが間違っていたと述べた。

貴族たちの反応は三者三様だったが、概ね反対する者はおらず、パーティーは静かに幕を下ろした。

「ドロテア、俺たちも行こう」

「はい。ヴィンス様」

当初は、ヴィンスは別室に招かれて国王から直々に謝罪を受ける予定だった。

先程の件もあったので、サフィール王国としては可及的速やかにヴィンスに謝罪をしたかったのだろう。

ヴィンスも当初はそれを快諾していたのだが、現在、ドロテアとヴィンスは馬車の中にいた。

「今更ですが……サフィール国王陛下との話し合いを断っても宜しかったんですか……？」

「全く問題ない。謝罪については後で書面で渡せと言ってあるし、今回の件をサフィール王国内できちんと処分するならば、国際問題にするつもりはないとも伝えてある」

「それは、そうですが……」

ヴィンスがサフィール国王からの直接の謝罪を断ったのは、ドロテアの為だった。

最終的にはシェリーと両親から謝罪の言葉はあったものの、おそらく心は疲弊しきっているだろう。ヴィンスはそう考えて、サフィール国王からの謝罪よりもドロテアを休ませることを優先したのである。

もちろん、そんなふうに事細かな説明をせずとも、ヴィンスの行動の意味に察しがついているドロテアは、今更と思いながらも申し訳無さが募ったのだった。

「申し訳ありません、ヴィンス様。貴方をお支えするはずが、迷惑を掛け――うむっ」

その時、隣に座るヴィンスの人差し指がドロテアの唇にふに、と触れた。

「この状況でお前より優先するものなんてない。次に謝ったら、その口を塞ぐぞ。……意味、分かるな？」

「…………っ」

塞ぐという言葉で、ヴィンスが何を言わんとしているか理解できてしまったドロテアは、コクコクと何度も頷く。

「良い子だ」なんて言いながら指を離すヴィンスの黒い耳がピクピクと動く様子が可愛くて、ドロテアはなんだか気が抜けたのか、ふふっと頬を綻ばせた。

「やっと笑ったな」

「えっ……」

「今日は疲れただろう？　ホテルまではまだ距離があるから、少し休むと良い」

そう言ったヴィンスの腕に肩を引き寄せられたドロテアは、彼の肩にコテンと頭を預ける。

いつもならば「重いのでは……」とか「申し訳ございません」と声をかけるところだったが、先程釘を刺されたこともあって、今日は何も言わずに甘えることにした。

（ヴィンス様は、優し過ぎるわ）

――ガタンゴトン。僅かに揺れる馬車内で、ドロテアはヴィンスの肩に頭を預けたままゆっくりとしたときを過ごす。

（今日は、色々あったわね……。……シェリーは一体、どうなるのかしら）

神秘的な満月の光が射し込む中、シェリーのことを考えるドロテア。

そのせいか、パーティーに向かうときの馬車の中で思い出したあのときのことが脳裏に浮かんだドロテアは、この話をヴィンスに聞いてほしいと口を開いた。

「ヴィンス様、一つだけ……昔話を聞いてもらってもよろしいでしょうか？」

「ああ、構わん。好きに話せ」

「ありがとうございます。……あれは、十七年前、シェリーが産声を上げた日のことです」

当時三歳だったドロテアは、その頃から可愛いものが大好きだった。

キラキラとしたアクセサリーに、フリフリとしたドレス、ふわふわのぬいぐるみなんて特にお気に入りで、絵本の中で読んだ、赤ちゃんという存在も漠然と可愛いと思っていた。

そうして実際にシェリーが産まれると、幼いドロテアは衝撃を受けたのだ。

「シェリーの手に指を差し出すとギュッと握ってくれたんです。そのとき、にこりと微笑んでくれて……それがあまりにも可愛くて……愛おしくて……私はこの子を守ってあげたいと思いました」

しかし、シェリーは日に日に美しくなっていく一方で、性格が少しずつ歪んでいった。

聡明だったドロテアは、それはシェリーだけのせいではないことを理解していたし、何より、産まれたばかりのシェリーに手を握られた瞬間の輝きを、忘れられなかったから。

「だから、あの子のためにならないと分かっていても、結局は尻拭いをしてしまいました」

「殆どが国のため、民のため、相手のためだろ」

「勿論それはそうですが……けれど、シェリーがああなった原因が、私にないわけじゃありませんから」

ヴィンスは、悲しそうに笑うドロテアの肩に回していた手で、彼女の側頭部を優しく撫でた。何度も何度も、まるで壊れ物を扱うように。

（今そんなふうに、優しく撫でられたら……）

鼻の奥がツーンと痛み、目の縁から涙が染み出てくる。

ドロテアがそれを必死に堪えていると、ヴィンスがおもむろに口を開いた。

「ドロテアは悪くない」

「…………っ、けれど……」

「お前がどう思おうが、俺が何度でも言ってやる。ドロテアは何一つ悪くない。……妹の性格があなったのも、過ちを犯したのも、何一つドロテアは悪くない」

「……っ、うっ……」

ヴィンスはいつでも肯定してくれる。いつだって、どんなことだって、絶対に。

「むしろ、今までよく耐えてきた。妹と比べられるのは辛かったろ。理不尽に尻拭いをさせられて腹を立てたことだってあっただろ。ずっと……ずっと、我慢してきたんだろう」

「……うっ、……ぅ……」

「それなのに、今日は俺のために怒ってくれてありがとう、ドロテア」

「ヴィ、ン……スさ、まぁ……っ」

「もう好きなだけ泣いていい。大丈夫だ」

——ポタ、ポタ、ポタ。

ヴィンスの言葉を合図にとめどなく溢れてくる涙は、ドロテアの頬を濡らした。

「うっ、うっ、ぅあぁぁ……っ」

それからヴィンスの肩に縋るようにして泣きじゃくるドロテアの側頭部を、ヴィンスはずっと撫で続けた。

ドロテアの涙が涸れる、そのときまで。

第十六話　そこに現れたのは……？

建国祭の次の日、ドロテアたちは馬車に乗って獣人国への帰路に就いた。

獣人国に到着してからはディアナやラビン、使用人たちにお帰りなさいと出迎えられ、胸がほっこりと温かくなったのは記憶に新しい。

……と、そんなドロテアだったが、帰国して次の日から早速仕事に励むヴィンスを支えようと執務室に足を運ぶと、あまりの悲惨な状況に目を瞠った。

「……ヴィンス様、凄い量ですね」

「ドロテアが来るまではこういう状況も珍しくなかった」

「わ、わぁ……」

まるで書類に埋もれてしまいそうな文官たち。書類の山からはラビンの耳だけがひょっこりと見えており「た、たすけ、て……」なんて声が聞こえてくる。

「ヴィンス様……！　ラビン様が書類の山に埋もれてしまっています……！　早くお助けしないと……！」

ドロテアがそう言うと、ヴィンスはふっと笑ってから「問題ない」と口にしたのだった。

「おいラビン、ディアナが心配そうに見ているぞ」

「姫様……!?　心配は無用です！　私は無事で……って、また嘘を言いましたねぇぇぇ!?」

「…………。ふふっ」

ディアナの名前を聞いて飛び出たラビンに、ドロテアは口元を隠すようにして笑みを零す。

それにつられるようにヴィンスも小さく笑みを浮かべると、ドロテアたちは顔を見合わせてから書類に取り掛かるのだった。


書類の山と格闘してから三日後のこと。

「ドロテア様、久しぶりにモルクードをお入れしました！」

この三日間まともに休憩をせずに働いていたドロテアは、ヴィンスから休むよう言われ、自室で寛いでいた。

「ありがとう。ナッツが初めて入れてくれた紅茶ね……ん〜良い香り」

「お菓子も沢山用意してありますよっ！　沢山お仕事をしてお疲れだと思いますので、甘いものを食べて身体を癒やしてくださいませ！」

「ナッツ……！！　なんて良い子なの……」

甘いものを食べるよりもナッツを見ている方が、欲を言えば耳と尻尾を触れたらもっと癒やされるのになんて思いながら、ドロテアはケーキを一口ぱくり。

甘みが身体に染み渡り、ホッと一息つく。

その時、コンコンというノックの音にナッツが扉を開け対応すると、そこには見慣れた彼の姿があったのだった。

「ドロテア様、陛下がいらしています」

「ヴィンス様が……？　直ぐにお通ししてくれる？」

「かしこまりましたっ！」

一体何の用だろうかと疑問に思ったものの、ドロテアは無意識に髪の毛を整える。

それからヴィンスが「少しの間だけ下がっていろ」と言って人払いを済ませると、扉を閉めた彼にドロテアは駆け寄った。

「どうされました？　あ、先ずはお茶をお入れしないと……」

「いや良い、もう少しで辺境地から一部の騎士が戻って来て会いに行かないといけないからな。手短に用件だけ話す」

そう言ったヴィンスはずいと書類を差し出すと、ドロテアはそれを見て「あ……」と声を漏らした。

「婚約誓約書……今日届いたのですか……？」

「ああ、今さっきな。本来ならばドロテアの両親が手続きをしなければならないが、先日の件でランビリス子爵家自体がどうなるか分からないだろう？　だから、事前にサフィール国王にこの書類の手続きをどうにかしろと言っておいた。二つ返事で了承していたな」

「なるほど……」

確かに押されている王家の蠟印は、正式に受理されている証拠である。

「じゃあこれで……正式な婚約者……」

書類を手にしながら、俯きがちにそう言ったドロテアの声色にはやや覇気がない。というよりは、心ここにあらずという感じだった。

ヴィンスはドロテアはじっと見つめてから、もしや、と声を掛けた。

「家族のことを考えているのか？」

「えっ？」

「家族のことを考えているから反応が薄いのかと思ったが、違ったか？」

「それは……」

確かにドロテアは獣人国に帰ってきてから、家族のことが何度か頭を過った。

あまりにも仕事が多すぎたことと、家族のことを考えても彼らの罪も罰も何も変わることは無いのだと思うと、少しずつ考えなくなっていったが、唯一の懸念は、シェリー本人からレザナードに対して謝罪がないこと。だったのだけれど。

「実はな、婚約誓約書とともに、お前の妹からも、俺やディアナ、国に対して謝罪文が届いている」

「えっ……」

「俺やディアナは先に目を通した。ドロテアも読むといい」

そう言って、ヴィンスから手紙を手渡されたドロテアは、ろくにお礼を言うことも出来ずに、開封済みの封筒から便箋を取り出した。いつもならばそんな失礼なことは絶対にしないのだが、今回ばかりは、シェリーの手紙のことで頭がいっぱいだったから。

「…………」

ドロテアは二つ折りになっている便箋を開くと、それを上から順にゆっくりと読んでいく。一文一字たりとも読み逃さないよう、丁寧に。

そして全てが読み終わるころには、ドロテアは俯き、僅かに肩を震わせながらぽつりと呟いた。

「妹は……普段、あまり手紙は書きませんでした。字を書くのが苦手だからと、面倒だと、そう言って……けれど」

「……ああ」

「この手紙には……一生懸命丁寧に書こうと、誠意を伝えようという気持ちが溢れています……っ、謝罪の言葉は拙いし、以前ディアナ様を侮辱したことも、生誕祭でのヴィンス様への暴言も、これだけで許されるはずはありません……でも、でも……！」

ドロテアの頬に、一筋の涙が伝う。それは、自身の手元にある便箋にぽたりと落ちると、インクがじわりと滲んだのだった。

「シェリーが、ヴィンス様たちに対して自ら謝罪の言葉を伝えた……その事実が、姉として、とても嬉しくて……」

「……ああ。そうだな」

「この手紙を読ませてくださって、本当にありがとうございます、ヴィンス様……」

ドロテアは俯いていた顔を上げて、彼と視線を合わせながらそう伝えると、ヴィンスの手がそっと伸びてくる。

その手はドロテアの顔の前で止まると、節ばった男らしい指で彼女の涙を優しく拭ったのだった。


それから約数分が経った後だろうか。

涙が止まったドロテアはシェリーの手紙の余韻に浸った後、突然泣いてしまったことに対してヴィンスに謝罪すると、はたと婚約誓約書のことを思い出した。

（……正式な婚約者になったのだと思うと、なんだか……）

ドロテアは、ヴィンスを一瞥してから、再び俯く。

そんなドロテアに、ヴィンスは心配そうに「大丈夫か？　休むか？」と問いかけた。

「ヴィンス様、違うんです……その」

ドロテアは首を横に振ってから、ゆっくりとした動きでヴィンスを見上げる。

そうして、一度キュッと唇を結んでから、恥ずかしそうな声で言葉を紡いだ。

「ヴィンス様と正式な婚約者になれたのだと思うと、嬉しくて……」

「……っ」

「ですからその、喜びに浸っておりました。申し訳ありま──きゃっ」

瞬間、ドロテアの背中に凜々しい腕が回され、力強く抱き締められる。

「ヴィンス様……!?」

ぎりぎり痛くない程度の力で抱き締められ、困惑しているドロテアは、ヴィンスの胸辺りをポンポンと優しく叩いた。

「えっと、どうされたのですか……？」

「……ほんと、お前はたまに無自覚で可愛いことを言う」

「えっ？　かわっ？　え……っ!?」

ヴィンスが何を可愛いと指しているかドロテアには分からなかったが、もはやそんなことはどうでも良い。

抱きしめられた腕の温もり、胸元から聞こえるヴィンスの心臓の高鳴り、耳元に微かに触れる彼の吐息に、ドロテアは緊張と羞恥で息が止まりそうだった。

「あの、ヴィンス様、一旦離してくださ――」

「だめだ、と言いたいところだが……そうだな」

「……！」

珍しくすんなりと解かれた腕。ドロテアはほんの少しの寂しさと安堵を同時に感じながらヴィンスを見つめると、彼の瞳が熱を帯びていることに気付いてしまった。

その瞬間、何かを予期したのか、心臓がドクリと激しく脈打つ。

「……なあドロテア、前にデートをしたときに俺が言ったことを覚えているか？」

「どのことでしょう……？」

「ちょうどドロテアくらいの背の高さが好きだと言ったことだ」

そういえば――……と思い出したドロテアは、コクリと頷く。

しかし、それが今、何の関係があるのか分からずにいると、しれっと顎を掬われていたドロテアは聡明故に、理解してしまったのだった。

「……これくらいの身長差の方が、しやすいだろう？」

「～～っ!?」

「煽った責任はしっかり取れよ、ドロテア」

ドロテアの顔に、いつの間にか影ができる。

吸い込まれそうなほど美しい黄金色の瞳が近付いてきて、ドロテアはそっと目を閉じた。

――のだけれど。

「ドロテア様～!!　そろそろお茶のおかわりを、って、ぷきゅううう!!　申し訳ありませんんんっ!!　お邪魔してしまいましたァァァ!!」

――バタン。

「…………………」

「…………………」

まるで嵐のようなナッツの登場、そして退場に、ドロテアは一瞬キョトンとしてから、ぷっと笑みを零した。

「ふふっ、何度目でしょうね……っ、こうやって寸止めになるの……っ、タイミングが奇跡的過ぎて笑えてきてしまいます」

「……笑えん。俺は全く笑えん」

「ふふ、申し訳ありません、笑ってしまって……ふふっ、ナッツのことは私が注意しておきますから、どうか叱らないであげてくださいね……っ、ふふっ」

「笑い過ぎだろう」

一度目は鷹の獣人の少年に、二度目はラビンに、三度目はナッツに。

こんな偶然が起こるのは天文学的な確率なのではないかと思うと、ドロテアはなんだかおかしくて、しばらく笑い続けた。

――そうして、ドロテアの笑いが落ち着いた頃。

「せっかくだから、今日帰還する騎士たちに一緒に会いに行くか？」

「宜しいのですか？」

ドロテアは休めと言われていた手前言い出せなかったのだが、本当は帰還する騎士たちに会ってみたかったのだ。

というのも、国を守ってくれている防衛の要である騎士たちに感謝の気持ちを伝えたかったことと、将来王妃になる身として、出来れば彼らに顔を覚えてほしかったからである。

「まあ、軽く挨拶をするだけだから、それほど疲れることもないだろ。それに、正式な婚約者になったからには、今後外交などの公務も手伝ってもらうことになる。社交も増えるだろうから、ドロテアに一人専属騎士をつけようと思っていたところだ。そいつも紹介する」

「騎士様を？　はい。かしこまりました、ヴィンス様」

それからドロテアは、移動の最中どんな人物が自身の専属騎士になるのかを聞きながら城内を歩いた。

それからヴィンスと共に正門の前で騎士たちの到着を待つと、ものの五分程度で現れた、総勢百名ほどの騎士たちにドロテアは挨拶代わりに軽く頭を下げていくと、一人の男がヴィンスの前で片膝をついた。

（ヴィンス様に挨拶をしているってことは、あの方が部隊長ね。ということは、私の専属騎士になってくださるという……）

白銀の髪に、やや気だるそうな垂れた目。白い三角の耳に、しっかりとした白い尻尾。

眉目秀麗ではあるものの、まるで似ても似つかぬ容姿——正真正銘ヴィンスの従兄弟の、白狼騎士、その人である。

（名前は確か……ハリウェル・ロワード様）

「ハリウェル、ご苦労だった。数日休暇を取った後、俺の婚約者の護衛に当たって欲しいんだが、構わないか？」

「仰せのとおりに」

ハリウェルは片膝をついてヴィンスとの挨拶を終えると、次はドロテアの前で片膝をついた。

「ハリウェル・ロワードと申します。先程陛下から専属騎士を拝命致しました」

「辺境地での活躍、耳にしています。この国を守ってくださって、本当にありがとうございます。……と、そういえば名乗っていませんでしたね、失礼いたしました。私の名前はドロテア・ランビリスと申し——」

「ドロテア・ランビリス……？」

顔を上げ、こちらを見上げてくるハリウェル。

ドロテアはどうしたのだろうかと、笑みを浮かべながら「……？　はい」と答えると、それは突然だった。

ハリウェルは素早く立ち上がると、思い切りドロテアを抱き締めたのだった。

「ドロテア……!! 私です……! ハリウェルです……!!」

「えっ……!?」

「ずっと君に逢いたかった……!! 私の運命の人……! 結婚してください……!!」

「………。はい？」

番外編　黒狼陛下と侍女の覗き見（見守り）大作戦

それは、ドロテアがヴァンスと星月祭りに向かい、羊の獣人に出会う少し前のことだった。

「ヴィンス様、どうしましょう」

「どうした？」

「見たことがないものが有り過ぎて、目移りしてしまいます！」

星月祭りは、文字通り星や月を眺めて風情を感じましょう、という趣旨の祭りではあるのだが、より皆が楽しめるように沢山の露店が立ち並んでいる。

レザナードに来てからまだ日が浅いドロテアからすれば、こうやって露店を見て回るだけでも楽しくて仕方がないというのに。

「星月祭り限定の工芸品があるよ～!!　寄ってってって～!!」

「……!!　ヴィンス様、限定だそうですよ……！　見に行っても構いませんか？」

「……くくっ。分かった分かった」

限定だなんて言われてしまえば、知的欲求や好奇心が旺盛なドロテアに我慢が出来るはずもなく、今夜ばかりははしゃいでも良いだろうかと、ヴィンスに手を繋がれたまま楽しそうに歩いて行く。

「ヴィンス様、着きましたよ！」

興奮がどんどん加速していく中、目的の工芸品が売っている露店に到着すれば、それをじぃっと凝視するドロテア。

その目は真剣そのもので、サフィール王国では見たことがない作りのからくりオルゴールに、ドロテアは目を離せなくなった。

「……表面の精巧な細工を施せる職人さんの腕が素晴らしいのは大前提として、使われている柔軟性の高い木材がこのからくりオルゴールの肝ですね。おそらくこの木はレザナードの南部にのみ生息しているキュリの木……！　初めて見ましたが、こんなにも曲がるものなのですね……！」

「本当に、ドロテアの知識の多さにはいつも驚かされるな」

大抵の人ならば、珍しいからくりオルゴールを見ても「可愛い」とか「凄い」とか、そんな感想しか出てこないだろうに。

その細工の精巧さに至る要因の一つである材質に着眼点を置き、形状を見ただけで名前を言い当てるドロテアに、ヴィンスは小さく微笑んだ。

「お嬢ちゃん！　そのオルゴール手に取ってもらって構わないよ～！　じっくり見てってよ！」

「良いのですか？　店主さん、ありがとうございます」

本当はそのからくりオルゴールに触れてみたかったドロテアは、店主から勧めてもらったのならば遠慮はいらないかと、丁寧にお辞儀をしてからそれを手に取る。

絶対に壊さないよう細心の注意を払いながら、指先で木材の感触を味わえば、ドロテアは「んん～！」と嬉しそうに声を上げた。

「これがキュリの木の感触……！」

「本当に幸せそうだな、ドロテア」

「はい……！　あっ……一人で盛り上がってしまって申し訳ありません……」

「いや、それは別に構わんが――店主、からくりは試してみて良いのか？」

ヴィンスが尋ねると、店主はにこやかな笑顔で「もちろんですよ」と答えてくれたので、ドロテアは期待を胸にオルゴールの後ろ側にあるネジを回す。

すると、閉じられていた箱型のオルゴールが開き、その中には同じくキュリの木で作られた様々な動物の木彫りが入っていたのだった。

「わぁ……！　ヴィンス様見てください……！　猫に兎、犬や鳥、それに狼の木彫りまでありますか、可愛い……！」

……！

「ほう。……これは凄いな。本当に細かく作られている」

「はい！　それに、この音楽も素敵ですね」

「これはレザナードに伝わる子守唄だな」

中を開けば可愛いし、流れるメロディは何とも耳心地が良い。それにレザナードに伝わる子守唄まで聞けて、ドロテアは満足そうに笑みを浮かべる。

そんなドロテアをちらりと見たヴィンスは、おもむろにポケットの中から硬貨を取り出すと、それを店主に差し出した。

「このからくりオルゴールを買いたい。これで足りるか？」

（あら、ヴィンス様、このオルゴールがそんなに気に入ったのかしら。意外と可愛いものがお好きなのね）

それほど長い時間を過ごしたわけではなかったけれど、侍女としてヴィンスの側にいるドロテアは、彼の物欲が強くないことを知っている。

だから、すぐさま購入したヴィンスを不思議に思ったものの、ドロテアは黙って動向を見ていた。

「おお、こんなに……！　今お釣りを準備しますのでお待ち下さい！」

「取っておけ。ドロテアを喜ばせてくれた礼だ」

「それはそれは！　ありがとうございます！」

そうして、店主はからくりオルゴールを箱に入れるとヴィンスに手渡し、深く頭を下げる。

ヴィンスは大事そうにオルゴールを持つと、先程自然と離されたドロテアの手を掴み直して、人混みの中を歩き始めた、のだが。

「ヴィンス様、良いものが見つかって良かったですね」と、ドロテアが嬉しそうに声をかけると、ヴィンスは呆れたような瞳で横目にドロテアを見て、ハァと溜め息を漏らした。

「……俺がこのオルゴールを自分のために買ったと本気で思っているのか？　普段は聡いのに、こういうところはやや鈍感だな」

「……！」

誰かに何かをしてもらう、ましてやプレゼントをしてもらう。そういう経験が過去にあまりなかったドロテアは、こうやってヴィンスに言われるまで、もしかしてとも思わなかった。

その相手が、惜しげもなく愛を与えてくれるヴィンスであったとしてもだ。

「あの、もしかして、なのですが……」

窺うように、ドロテアはちらりとヴィンスを見やる。

すると、ヴィンスは祭りで盛り上がる人々の邪魔にならないよう道端に寄ると、繋いでいた手を解いて向き合った。

「きゃあっ」

直後、まだ愛おしい人の温もりが残る手で彼女の腰を軽く引き寄せたヴィンスは、オルゴールの入った箱をずいとドロテアに差し出した。

「ドロテアが喜ぶかと思って買った」

「……っ」

「いや、違うな。お前の喜ぶ顔が見たくて買った。買う際に意図を言わなかったのは、ドロテアの性格なら遠慮すると思ったからだ。……これで分かったか？」

「〜〜っ、は、い」

こちらを射貫いてくる黄金色の瞳はどこか挑発的なのに、酷く優しくて甘ったるい。

先程までの好奇心から来る胸の高鳴りとは違って、痛いほどに心臓が脈を打った。

(こんなに近くにいては、私の心臓の音がヴィンス様に聞こえてしまいそう……。いえ、ヴィンス様はお耳が良いから、聞こえてしまっているかもしれないわね)

そう思うと余計に恥ずかしくて、ヴィンスと少し離れたいと思う。けれど同時に、彼の近くはどうしようもなく心地よくて、ドロテアは頰を染めながら、ヴィンスの顔をじっと見つめた。

「ありがとうございます、ヴィンス様。……大切に、いたします」

「ああ。礼はキスで構わない」

「……えっ!?」

より一層顔を真っ赤にして驚くドロテアに、くつくつと喉を震わせるヴィンス。

その近くを通りかかったチーターの獣人の少女が言った「わぁ、とってもイチャイチャしてる……」という声が聞こえなかったことは、ドロテアにとって救いだった。

それからドロテアたちは、再び人の波に入っていくと、様々な露店を回った。

しかしそのとき、ドロテアは視界の端に捉えたとある人物たちの姿に、ピタリと足を止めたのだった。

「ヴィンス様……！　あちらにディアナ様とラビン様が……！」

ドロテアが手を向ける方向にヴィンスも視線を移す。

すると、ヴィンスは片目を細めて呆れたと言わんばかりの表情をすると、溜め息をこぼした。

「ヴィンス様、いかがなさいましたか？」

「……いや、またラビンの奴がヘタレっぷりを発揮していてな」

「あ、ここからでも声が聞こえるのですか？」

「ああ」

再三述べるが、獣人は耳が良い。だから人間であるドロテアが聞こえないような小さな声でも、意図せず聞こえてしまうわけなのだけれど。

「あの……ヴィンス様、それでしたら、私たちの会話もディアナ様たちに聞こえてしまうのでは……？」

もしそうであれば、せっかくのデートに水を差してしまう。それはドロテアの望むところではなかったし、おそらくヴィンスもそうだろう。

だから、ディアナたちから離れる方が良いのではないかと提案しようと思ったのだが、そんなドロテアに、ヴィンスはさらりと言ってのけた。

「たしかにこの距離なら、いくら人混みといえど声は聞こえる。……普通ならな」

「……？　申し訳ありません、理解が及ばず……つまり、どういうことでしょう？」

何度か目を瞬かせたドロテアに、ヴィンスは腕を伸ばして彼女の頭にポンと手をおいた。

「互いに相手のことに意識を奪われて、どうせ周りの声は一切聞こえていないだろ、あいつらは」

「な、なるほど……。確かにそれは有り得そうですね。あの、因みに、ラビン様がヘタレっぷりを発揮したというのは、一体何があったのでしょうか?」

ディアナから相談を受けていたこともあってか、ドロテアは二人のことが心配だったのである。

ドロテアの真剣な眼差し、性格から察して、野次馬根性で聞いているわけではないことを分かっているヴィンスは、彼女の頭に置いた手を優しく動かして撫で上げた。

そして、照れと真剣な気持ちが交ざったような複雑な表情をしているドロテアに、ヴィンスはさらりと答えた。

「人混みで逸れたら嫌だからディアナが手を繋ぎたいと言ったら、ラビンのやつ、姫様のお立場で、恋人でもない異性と手を繋いではいけません、と断っていてな。……ハァ」

「そ、それは……ディアナ様、ショックかもしれませんね……」

ドロテアにはディアナの細やかな表情を見ることは叶わなかったが、ディアナがどれだけ勇気を出してラビンをデートに誘っているか知っているので、彼女の悲しんでいる表情を想像するだけで悲しくなってくる始末だ。

当然、ドロテアの感情の機微に敏いヴィンスが、それに気付かないはずはなかった。とはいえ、いくらドロテアのためだからといって、直接ディアナたちのデートに関われるほど、ヴィンスも考えなしではないし、ドロテアもそんなことは望んでいないだろう。

そこで、ヴィンスは少し考える素振りをしてから、ポツリと呟いた。

「……仕方がない。そんなにドロテアが心配なら少しの間二人のことを覗き——じゃない、見守るか」

ヴィンスの発言に、ドロテアは一瞬体を硬直させる。

（……あら？　今ヴィンス様、覗き見って言いかけたような……？　……なんてね、そんなわけ無いわよね）

——あのヴィンスがそんなことを言うはずはない。ただの聞き間違いだろう。もしくは、ヴィンスの言い間違い……のはず。

（うん。そうよね。覗き見なんて下品なこと、ヴィンス様が言うはずないもの。きっと私のようにディアナ様やラビン様のことが心配で、見守ろうと仰ってくださったのよね）

そう、自問自答を済ませたドロテアは、コクリと頷いてからディアナたちを見守ることを決意した。

「ではヴィンス様、早速、もう少しだけお二人に近づきませんか？　可能であれば私の耳でも聞こえる距離に行きたいのですが……流石に気づかれてしまうでしょうか」

「……いや、あの二人、見たところ本当に周りのことが目に入っていないから問題ない。ほら、行くぞ」

ヴィンスに手を引かれ、ディアナたちの表情や声がしっかりと分かる距離にまで近付けたドロテアは、ヴィンスと共に物陰に隠れながら、至極真面目な表情で二人を見つめる。

（見守りつつ、冷静に分析しなくては。今後ディアナ様にまた相談していただいたときに、具体的な解決策を提示して差し上げたいもの）

それに、せっかくヴィンスが付き合ってくれているのだ。この時間は有益なものにしたい。

ドロテアは、自身を背後から包み込むようにしているヴィンスにドキドキとしながらも、平常心……と自身に言い聞かせて、少しだけ振り向いてヴィンスを見つめた。

「ヴィンス様、私、ディアナ様、延いてはラビン様の恋の成就のため、頑張らせていただきます」

「……何となくドロテアの思考は読めたが……まあ良い。好きにしろ、俺も俺で好きにするから」

「……？　は、はい」

ヴィンスの言っている、好きにする、が果たしてどういう意味を指しているのかは分からなかったけれど、ドロテアは意識をディアナたちに戻した。

「あ、ヴィンス様、お二人が露店の前に並び始めました！　何を買うつもりなんでしょう」

そこでドロテアはディアナたちの会話に耳を澄ませた。

「ラビン！　この露店にはね、お星さまやお月さまをモチーフにした指輪が売っているの！　……それでね？　ラビンが可愛いと思うのはどれなのか、教えてほしいの」

（わっ、わわっ、ディアナ様ったら、ラビン様が素敵だと思う指輪をご所望なのですね!?　好きな

殿方の好みに染まりたいのですね！　なんて健気で可愛らしい……それに、お星さまやお月さまという言い方も本当に可愛らしい……何より、不安げに揺れる尻尾が堪りません……！　もふもふしたい……っ！　って、ドロテア！　いまはそんなことを考えている場合ではないわ）

可愛く甘えるディアナに萌えつつ、溢れ出てくる自らの欲求に待ったをかけたドロテアは、何やら耳をしゅんと垂らしたラビンに視線を移した。

「姫様……かしこまりました。私の意見が参考になるのであれば……」

「……？　ラビンどうかしたの？　少し元気がないような……」

ディアナと同じ感想を持ったドロテアは、直後、何やら空元気を見せているラビンに違和感を持ちながら、背後にいるヴィンスに声をかけた。

「ヴィンス様、何故ラビン様は急に元気を無くしてしまわれたのでしょう？　ディアナ様の発言は、明らかにラビン様に向けた好意的なものですのに」

敏いドロテアにもそこは分からなかったらしい。ヴィンスはドロテアの旋毛に一瞥をくれてから、ラビンに視線を向けると、呆れ果てた顔で囁いた。

「どうせあいつは今頃、ディアナの発言に期待しないよう必死で脳内に予防線を張ってるんだろ。だから変な態度になっている。ラビンは昔からディアナのことを女神だとか天使だとかいって、まさか自分を好いてくれているなんて一ミリも思っていないからな」

流石に幼馴染なだけあって、ラビンの考えはヴィンスには筒抜けらしい。

「……冷静に考えれば、ディアナがラビンに惚れていることなど丸分かりなんだがな。……まあ、それほど、ラビンはヘタレで拗らせているというわけだ。直ぐには変わらんだろう」

「なるほど……長期戦、というわけですね」

そうすると、ラビンの考え方を覆せるくらいのディアナからの直接的な言葉が必要となるわけだが、それはそれで難しいだろうとドロテアは考えていた。

というのも、単にディアナが恥ずかしくて言えないとか、男性から言うべきだという固い決意を持っているわけではなく。

「ディアナ様は王族……好きというたった一言にも、一般人とは比べ物にならない強制力がのしかかって来ます。ですから、相手が自身のことをどう思っているか分からない以上、そうやすやすと気持ちは伝えられな――あ」

そこまで言って、ドロテアははたと気が付いた。ヴィンスも王族であり、相手《ドロテア》がどう思っているか分からない状態で求婚したことを。

言葉の受け取り方によれば、ヴィンスの求婚は考えなしの行動と言っているようなものということを。

「えっと、その……」

ドロテアは、ディアナたちを見るために壁からひょっこりと出していた顔を引いた。

それから、気まずさで背後を向くことができず、視線を地面に向ける。

目の前には壁、背後にはヴィンス。いつの間にか自身の両側にはヴィンスの逞しい腕があり、逃げ道は塞がれてしまっていた。

「ドロテア」

「…………っ!?」

先程からずっとヴィンスは背後にいたものの、触れ合うほどの距離ではなかったというのに。

いつの間にかヴィンスは距離を詰め、ドロテアの肩に彼の顎がちょこんと乗る体勢になっている。

それに気付いたのは、肩に伸し掛かる重みと、耳元に感じるヴィンスの吐息。

それだけでも、心臓が破裂しそうなほど緊張するというのに、酷く蠱惑的な声色で名前を呼ばれたドロテアは、耳裏まで真っ赤になるほど全身を羞恥の色に染めた。そして。

「ドロテア、俺は軽い気持ちで妻になれと言ったつもりはない」

「……っ、そ、んな、つもりではなくて、ですね……」

「伝わっていないのなら、何度でも言うが——どうする？」

——まさに、口は災の元である。

どう言い訳したら良いか分からず、ドロテアは頭を必死に働かせるものの、上手い言葉が中々見つからない。侍女として仕事をしているときならば、それなりに口は回るのだけれど。

（な、何と言えば……けど、こんなにヴィンス様が近くに居たら、緊張して何も考えられないし、かと言って、ずっと黙り込んでいるわけにもいかないし、誤解を解かなければ）

ヴィンスの性格をそれなりに知った今、彼が軽いノリで求婚してきたなんて僅かでさえ思っていない。そこのところはきっちり説明するべきだし、説明したいとも思うわけだが、実際は難しかった。

（ヴィンス様は本気で私を愛してらっしゃるから求婚してくださったんですよね、なんて自分の口からは言えないわ……！）

そんなとき、まるで現実逃避を促すかのような、ディアナの可愛らしい声が耳に届いた。

「ラビン。指輪を選んでくれてありがとう。この指輪は、貴方が嵌めてくれる……？」

（……!?　ディアナ様、なんて大胆な……）

指輪を選んでほしいだけではなく、嵌めてほしいだなんて。流石にここまでいけば、いくらラビンでも少しは男気を持った言動が期待できるのではないか。

そんな余所事が頭を過ったドロテアだったけれど、次の瞬間、現実に引き戻されることになる。

「こらドロテア、今……余計なことを考えているだろう」

「～～っ」

耳元でそうヴィンスに囁かれたドロテアは、一瞬にしてディアナとラビンに対する意識が薄れていく。

相反するように脳内をヴィンスに支配されて、上手く言葉が出ないでいると、彼がフッと笑みを零した声が、耳に届いた。

「——俺は、ディアナほど甘くないから、相手が俺のことを好いていなくとも、手に入れたいし、その為ならば手段は選ばない」

「……っ」

「その代わり——絶対に俺を好きにさせる。ドロドロに甘やかして、俺が居ないと生きていけないくらいにな。……覚悟しておけよ、ドロテア」

——絶対に逃がしてなるものか。そんな思いを孕んだ、獰猛で獣のような瞳をしたヴィンスに重たいほどの愛をぶつけられたためか、ドロテアがようやく紡いだ言葉は何とも余裕がなくて弱々しかった。

「……っ、もう、ご容赦、ください、ませ……っ」

「……ククッ。今日のところは良いだろう」

反対に、ヴィンスは薄く笑みを浮かべながら、ようやくドロテアから少し距離を取る。

「ラビンの奴、ディアナに指輪なんか嵌めたら、しばらく惚気けて使い物にならないだろうな」なんて、余所事を話す余裕もあるようで、ドロテアは一生ヴィンスに敵う気がしなかった。

ドロテアが冷静さを取り戻した頃には、既にディアナたちの姿はなかった。

ヴィンス曰く、ラビンがディアナに指輪を嵌めてから、二人は人混みに消えていったそうなので、ドロテアはホッと胸を撫で下ろした。

「これからどうしましょう……？　私たちももう少し見て回りますか？」

ディアナたちが居ないのならば、この場に隠れている必要はない。せっかくならばもう少し露店も回りたいし、もしくはどこか落ち着いた場所でゆっくり星や月を満喫するのも一興だろう。

ドロテアがそう思って提案すると、ヴィンスはニッと口角を上げたのだった。

「その前に、一つ頼みがあるんだが」

「……？　はい。私に出来ることでしたら何なりと」

「それなら、これを着けてくれ」

「……！　これは一体……？」

どこからともなく取り出してヴィンスが手渡してきたのは、所謂カチューシャと呼ばれるものだ。

サフィール王国でもときおり着けていた令嬢はいたし、知識が豊富なドロテアが普通のカチューシャを見て驚くことなど有り得なかったのだが、ヴィンスに手渡されたそれは、過去に見てきたものと少し違ったのである。

「何故このカチューシャにはケモ耳が付いているのでしょう……？　しかも、ヴィンス様と同じ、黒狼のお耳では……？」

「良く分かったな。ディアナたちに会う前に、これを見かけたから買っておいた」

「な、なるほど……？」

オルゴールをプレゼントしてもらってからディアナたちを見かけるまでの間、ドロテアは一度花摘みのためにその場を離れた。おそらくその間に買ったのだろう。――いや、そういうことではなく。

「もしやヴィンス様……私に、これを……」

「着けてみてくれ。最近は人間が作り物の獣の耳がついたカチューシャを着けて、獣人を真似るというのが一部で流行っているみたいでな。ドロテアが着けたところを見てみたい」

「お、お断りさせてください……！　こういう可愛いものは私にはあまり似合わず、ヴィンス様を不快にさせてしまうかもしれませ――」

と、そこまで言ったドロテアが断り文句を間違ったことに気が付いたのは、ヴィンスが口元に弧を描いたからだった。

「ドロテアがどんな姿になろうとも、俺は不快にならない。さあ、懸念は消えただろう？　四の五の言わずにさっさと着けろ」

「ひゃっ……！」

そのとき、頭部にぽふっとカチューシャを着けられたドロテアは、頬を朱色に染めた。

恥ずかしさと、この場に鏡がないので自身がどんな姿になっているかも分からず、不安も過ったドロテアは、堪らずカチューシャを取ろうと自身の頭部に腕を伸ばす。けれど、視界に映ったヴィンスの表情に、ドロテアはゆっくりと自身の手を下ろした。

「――想像以上に、可愛いな」

「〜〜っ」

そう囁いたヴィンスの、いつもの余裕そうな笑みに欲情が孕んでいるように見えたから。

「……っ、ヴィンス、さま……」

そんな顔をされると、何故だか動けなくなる。

それを良いことに、ヴィンスはドロテアが着けたカチューシャの耳に手を伸ばすと、優しく指の腹で撫でた。

「……ほう。わりと感触も似ている。ドロテアが俺の耳を触りたいと言う気持ちが少しは分かる気がするな」

「そ、それは……よろしゅうございました」

「ああ。だから今日は俺が沢山触れようか。……いつもは、触られてばかりだしな」

「…………なっ」

そう言ってヴィンスは、口元に弧を描いたままドロテアが着けたカチューシャのケモ耳をスリスリと触る。

もちろん触覚はないので、ドロテアは触られようが触られまいが大きな違いはないのだが――。

（ケモ耳に触れられると、それがカチューシャに伝わって、少しだけ頭に振動が伝わる……。たったそれだけのことなのに、相手がヴィンス様だと思うと、恥ずかしくて堪らない）

それでも、ヴィンスが楽しそうなので何も言い出せないでいたドロテアは、直後、後悔することになるのだった。

「……さて、そろそろ本物に触るか」

「えっ……？」

（本物……？　何を言って……）

理解が追いつかず、素早く目を瞬かせたドロテア。

そして、それは直ぐに分かることとなった。

「……!?　んんっ……！」

夜風のせいか、ほんの少し冷たいヴィンスの指先。他人は疎か、自身でもそれほど多く触れない耳たぶを優しく撫でられたドロテアからは、どこか扇情的な声が漏れてしまう。

そんな声を聞かれてしまったのが恥ずかしくて、ドロテアは両手で口元を覆うが、それは時既に遅しというやつで。

「……そうか。ドロテアは耳が弱かったのか。済まなかったな、今まで気付いてやれなくて」

「……!?」

そう口にされると余計に恥ずかしくて、ドロテアは涙目になってヴィンスを見つめる。

すると、ヴィンスはそんなドロテアを恍惚とした表情で見るやいなや、再びぷくりとした耳朶をすりすりと撫でる。

そして、腰を折ってドロテアの耳元に唇を寄せると、重低音な声で囁いたのだった。

「この可愛い耳は、これから沢山可愛がってやろう。……それと、他の誰にも触らせるなよ」

「……っ、ヴィンス様以外、私の耳なんて誰も触りません……！　と言いますか、ここ、外ですから……！」

「それは済まなかったな。お前のこんな可愛い顔も声も誰にも知られたくないから……続きは宮殿に戻ってからだ」

「……!?　そういうつもりで言ったのではなくてですね……！」


——それから程なくして、耳を触るのをやめたヴィンス。

ドロテアはすかさずカチューシャを取って、瞬時に両手で自身の耳を隠したのだけれど。

「ドロテア、今度俺が満足するまで耳を触らせろ。そうしたら、お前が満足するまで何時間でも俺の耳と尻尾を触っても良い」

「……！　そういうことでしたら喜んで！　……って、そうじゃない……！」

美しい星と月が夜空に浮かぶ中、相変わらずのドロテアに、ヴィンスは愛おしそうに微笑んだ。

あとがき

皆さん初めまして。作者であり、二児の母、モフモフが大好きな櫻田りんです。

この度は、数ある本の中から拙著「聖女の妹の尻拭いを仰せつかった、ただの侍女でございます～謝罪先の獣人国で何故か冷酷黒狼陛下に見初められました!?～」をお手に取って下さり、ありがとうございます。


モフモフに囲まれたドロテアの第一巻、楽しんでいただけましたでしょうか?

鼻かぷや耳へのキスなど、獣人、そして獣人国ならではのドキドキを少しでも楽しんでいただけたなら幸いです。


では、第一巻ということで、この物語を書こうと思った経緯からお話ししようかなと思います。

きっかけはちょっと俺様なヒーローを書いてみようと思ったことでした。私は他作品で所謂スパダリを書いていたのですが、あまり強引なヒーローって書いてなかったんですよね……。そこで頭に浮かんだのが、俺様だけど思慮深いヴィンスでした。

ちょっと俺様でも、獣人にすれば可愛い！　そんなヒーローをモフモフしているヒロイン可愛いじゃん！　というかモフモフ書きたい！　という感じでしたね。

そこから、まずは色んな動物について調べたわけですが……あれよあれよと狼沼にはまってしまいました。一途なのもビジュアルも最高じゃないかと。

そんな中、今作を勢いで書き始め、書籍化のお話をいただき、とても嬉しかったのを今でもはっきりと覚えています。

今作のイラストを担当してくださっている氷堂れん先生が描いてくださったカバーイラストを見たときなんて、もう興奮で眠れなかったくらいです。未だに毎日表紙を眺め、ニヤニヤしてしまいます。ドロテアとヴィンスのお顔が最高なのはもちろん、耳としっぽのモフモフが……！　それと、ヴィンス様のブーツ！　足裏！　凄いセクシーじゃないですか？（きっと共感していただける方もいるはず……！）


というわけで、色々語ってしまったわけですが、ここからは謝辞になります。

本作を拾い上げていただいた『アーススタールナ編集部』のご担当者様及び関係者の皆様、美しいイラストを描いてくださった氷堂れん先生、本作が書店に置かれるまで尽力してくださった皆様、そしてウェブでたくさんの応援をくださった読者の皆様、本当にありがとうございました。

家事育児を共に励んでくれた旦那様、いつも可愛くて尊い子供ちゃんたち、本当にありがとう。

最後に、本作が皆様の心に少しでも胸キュンと癒し、そして狼とモフモフの良さを届けられますように。皆様がほんの少しでも、楽しい気持ちになれますように。推しのモフモフが見つかりますように。

そして、この本をお手に取ってくださいましたあなた様。改めまして、ありがとうございました。

モフモフたくさん
描けて
楽しかったです。
ありがとう
ございました!!
氷堂れん

わいい!
無自覚な天才少女は気付かない
～あらゆる分野で努力しても家族が全く褒めてくれないので、家出して冒険者になりました～
辺境の貧乏伯爵
嫁ぐことになったので
領地改革に励みます
～ドラゴンと公爵令嬢～
生贄第二皇女の困惑
敵国に人質として嫁いだら不思議と大歓迎されています
追放された聖女ですが、
実は国中から愛されすぎてて怖いんですけど!?
毎月1日刊行!!!!!!!!!

強くてか
異世界転移して教師になった魔女と恐れられている件
～王族も貴族も関係ないから真面目に授業を聞け～
無自覚聖女は今日も無意識に力を垂れ流す
今代の聖女は姉ではなく、妹の私だったみたいです
エルフさんの魔法料理店
妖精女王として転生したけれど、まずはのんびりお料理作りまくります！
転生料理研究家は今日もマイペースに料理を作る
あなたに興味はございません
最新情報はこちら！
EARTH STAR LUNA

聖女の妹の尻拭いを仰せつかった、ただの侍女でございます
～謝罪先の獣人国で何故か冷酷黒狼陛下に見初められました!?～ ①

発行 ――― 2023年10月2日　初版第1刷発行

著者 ――― 櫻田りん

イラストレーター ――― 氷堂れん

装丁デザイン ――― AFTERGLOW

発行者 ――― 幕内和博

編集 ――― 児玉みなみ

発行所 ――― 株式会社アース・スター エンターテイメント
〒141-0021　東京都品川区上大崎 3-1-1
目黒セントラルスクエア　7F
TEL：03-5561-7630
FAX：03-5561-7632
https://www.es-luna.jp

印刷・製本 ――― 図書印刷株式会社

ISBN 978-4-8030-1840-0